1 王子神社（p.28）
2 賢忠寺（p.32）
3 薬師寺（p.35）
4 千光寺（p.38）
5 西福寺（p.42）
6 三原八幡宮（p.45）
7 失われた芭蕉句碑（p.49）
8 長遠寺の篤老墓（p.51）
9 教傳寺の風律墓（p.53）
10 住吉神社湖春句碑（p.56）
11 小方の鷺の碑（p.64）
12 薬師寺（p.66）
13 法福寺跡（p.73）
14 宝蔵寺（p.78）
15 専教寺（p.82）
16 今高野山龍華寺（p.91）
17 円福寺（p.97）
18 向上寺（p.103）
19 床浦神社（p.109）
20 西方寺普明閣（p.113）
21 満舟寺（p.118）
22 薫風塚（p.124）
23 柳塚（p.128）
24 東泉寺臥亀の句碑（p.130）
25 白糸の滝の句碑（p.133）
北広島町
安芸太田町
広島市
府中町
海田町
熊野町
坂町
呉市
大竹市
江田島市
JN148197

「芭蕉句碑で巡る安芸・備後」正誤表

お詫びして訂正いたします。

頁	行	誤	正
表紙裏の地図		大崎上島町	大崎上島（左上の島）
8	1	安政年間（一八五四～一八五九）、三百九十基	宝暦年間（七五一～一七六四）、七十三基
20	2	明暦四年	明和四年
21	16	明暦年間	宝暦年間
30	16	撰修	撰集
36	9	羽州	羽洲
40	15	建立したものである	建立したとする説がある
43	5	山地かな	山路かな
69	2	同行	同好
75	2	胡蝶	蝶夢
75	15	排歴	俳歴
76	6	古聲が撰文をした	古聲が撰文をしたと誤って伝えられているようだ

芭蕉句碑で巡る 安芸・備後

宇野 久光

渓水社

芭蕉塚および関連塚

福山市

王子神社（福山市東深津町五丁目）

扇にて酒くむかけや散桜　　芭蕉翁

【明治年間、松永俳人連中建立か】

賢忠寺（福山市寺町四丁目）

年々や桜を肥す花の塵　　はせを

【明治初期、後藤此柱ら建立】

薬師寺（福山市今津町一三五二）

今日はかりひとも年よれはつしくれ

【明治四十一年（一九〇八）晩春、秦々舎桃州連中建立、羽州書】

円福寺（福山市鞆町鞆一〇）

疑ふなうし保のはなも浦の春

【文政十年（一八二七）、松谷・一風建立、鼎左筆】

尾道市

千光寺（尾道市東土堂町一五—一）

うき吾を寂しがらせよ閑古鳥　芭蕉翁

【寛政四年（一七九二）、長月庵若翁・松本文彩ら五二人建立】

向上寺（尾道市瀬戸田町瀬戸田五七）

あかくと日は難面も秋のかぜ

【建立年代不詳、建立者不詳】

三原市

西福寺（三原市西野町二一四三）

梅ヵ香にのっと日の出る山路かな

【寛政五年（一七九三）、合歓庵社中建立】

三原八幡宮（三原市西宮一丁目）

旅人と我名よばれむ初しぐれ

【大正八年（一九一九）、徳原幾太郎月舟建立】

広島市

長遠寺・飯田篤老の墓（広島市中区大手町）

教傳寺・風律の墓（広島市西区古田台）

廿日市市

住吉神社・湖春句碑（廿日市市住吉一丁目）（芭蕉誤伝句碑）

にょきにょきと帆柱寒き入り江かな

【弘化三年（一八四六）、廿日市俳諧連中建立か】

大竹市

鷺の碑（大竹市小方一丁目）

鷺につ、ミてぬくし鴨の足　者世越

【天保十四年（一八四三）、為百五十回追福建之社中建立】

薬師寺・浅生塚（大竹市元町四丁目）

【明和年間（一七六四～一七七二）、芦路ら竹里連中建立】

庄原市

法福寺跡（庄原市総領町稲草）

山さとは萬歳をそし梅の花

【安永八年（一七七九）、古聲建立】

宝蔵寺（庄原市東本町二丁目）

旅人と我名よばれん初しぐれ

【文政六年（一八二三）、眠亭社中建立】

府中市

専教寺（府中市上下町上下）

唐土のはいかい問む飛ぶ胡蝶　正風宗師

戸明ければ蝶の舞いこむ日和かな　幻阿上人

存生らへてよき世に逢ぬ秋の蝶　風葉居士

【文化年間（一八〇四～一八一八）、上下連が建立か】

世羅郡世羅町

今高野山龍華寺（世羅郡世羅町甲山）

父母の頻にこひし雉子乃声　はせを

【寛政～文化の頃、甲山連建立】

竹原市

床浦神社傍（竹原市忠海町床浦一丁目床浦神社傍）

このあたり目にみゆるもの皆涼し

【江戸時代建立か、建立者不詳】

西方寺・普明閣（竹原市本町三丁目）

麻刈墳

【文政十年（一八二七）、朝暉ら竹原俳諧連中建立】

呉市

満舟寺・誰彼塚（呉市豊町御手洗）

海くれて鴨の声ほのかに白し　蕉翁

【寛政五年（一七九三）、百回忌、社中建立】

薫風塚（呉市川尻町久筋）

松杉をほめてや風の薫る音

【寛政十一年（一七九九）、金竟　東舛建立】

柳塚（呉市仁方町中洲家）

からかさに押分け見たる柳かな

はせを翁

【天保十四年（一八四三）芭蕉百五十回忌、仁方俳諧連中建立、桜井梅室筆】

白糸の滝（呉市広石内三丁目、現在行方不明）

ほろほろと山吹散るか滝の音

【文政以前、建立者不明】

（『石に刻まれた芭蕉　全国の芭蕉句碑・塚碑・文学碑・大全集』。（弘中　孝、二〇〇四年、智書房より転写）

まえがき

随分前のことですが、学会の出張などで東北や北陸に出かけた際に、芭蕉の奥の細道の史跡の句碑などに接することが多かった記憶があります。その後、東京、名古屋、京都や大阪などの芭蕉の活動した地域には多数の芭蕉句碑が残っているのを知り、学会出張の際、それらを訪ねたりしたこともありました。

広島育ちではない私は、呉の白糸の滝の芭蕉句碑の昔の説明文や、広島県立文書館の「広島ゆかりの『古典籍』展~俳諧・狂歌と広島の出版~」の出版物などから、広島にも芭蕉の句碑がいくつかあることを知りました。

芭蕉の生涯での最西端の旅は、「笈(おい)の小文」の旅での兵庫の須磨・明石までです。広島にはもちろん来ていませんが、調べてみると、芭蕉の死後その弟子たちによって広島に蕉風俳諧がもたらされたことがわかりました。

広島県に残っている芭蕉句碑は、現地を巡ってみると、西国街道や銀山街道などの重要な街道沿いの宿場町、あるいは西廻り船の寄港地として栄えた港町などに建立されていることに気付きました。

俳諧は複数の人々が、連句の形式にのっとって遊ぶ座の文芸です。五・七・五の長句と七・七の短句を交互に詠みあいながら、連ねてゆき、三十六句からなる歌仙形式などが代表的です。また、一巻全体を構成する色々な約束事があります。

つまり、庶民文芸としての俳諧には、一定程度以上の教養を有する人々のグループ（連中）と、社会の経済的発展とその余裕による文化的成熟が必要と思えます。

他の地方と同じく芸備地方でも、初期には俳諧は、医師、僧侶、富裕商人たちによって伝播教授されましたが、一九世紀になると、俳諧は中流以下の町人層や、山間や浦島の裕福な農民層へと浸透していたことがうかがえます。

広島の近世の文化史は、藩政側からの記述に比べると、庶民の側からの文化史の記載が少ないように思えます。

広島の芭蕉句碑巡りは、まさに江戸期の交通経済発展に伴う庶民文化活動の歴史を、俳諧活動を通じて訪ねることであると思い到るようになりました。

なお、基礎資料として記述した第一章の芭蕉や第二章の芸備俳諧史の話は、俳諧に興味のない方には、煩雑であると思えますので、自分に興味ある地域をめくって読んでいただければ幸いです。

凡　例

芭蕉の発句には、異形句の伝わるものが少なくない。それらの中には出典の選者の杜撰によるものが少なくない。

また、芭蕉真筆の句の場合も芭蕉自身が推敲を重ねて、表現が異なる場合がある。

以上のことに加えて、広島に芭蕉の句を伝えた者たちが、正確に伝えたかどうかという問題もある。

これらの事情を勘案し、本書の芭蕉句は下記の原則に従って掲載した。

1. 句形の最終表現としては、国文学者今　栄蔵氏の校註になる「新潮日本文学集成　芭蕉句集」（昭和五六年）を参照した。
2. 句碑の字が判読できる場合は、なるべく句碑の表記を尊重した。
3. 句の表記に関しては、万葉仮名や宛て字で記してあるものについては読者の便宜のため、1の表記にならい漢字と歴史的仮名遣いに改めて記載した。
4. 句碑の文字が消滅しているものについては、1の表記の句を記載した。
5. 句碑の表記が不明、不確実ながら、建立者や所有者により、その句碑の説明がある場合には、その説明の表記をなるべく尊重した。

目　次

目　次

芭蕉句碑で巡る安芸・備後

第一章　芭蕉と芭蕉句碑

芭蕉の旅の生涯

芭蕉は伊賀上野に生まれ、二九歳で俳諧師を志して、江戸日本橋に寄寓した。やがて俳諧の宗匠として立机し、三七歳で江戸深川の芭蕉庵に居を定めてから、旅を繰り返した。

旅をすることにより、人生と俳諧が一体化した境地に達し、俳諧を芸術としての高みにまで深化していった。

芭蕉の主な旅は次に述べる通りである。芭蕉の旅の最西端は「**笈の小文**」の旅での兵庫の須磨・明石であり、当然のことながら広島には来ていない。

芭蕉は四一歳の貞享元年～二年（一六八四～一六八五）に、「**野ざらし紀行**」の旅に出た。故郷伊賀の母の墓参を兼ね、東海道を下り、名古屋から伊賀上野へ帰郷しそこで越年をし、さらに近畿、名古屋地方へと旅をし、木曽路から甲州路を経て、江戸に帰った半年間に及ぶ旅であった。

貞享四年（一六八七）鹿島神宮での月見とそこの仏頂和尚を訪ねての常陸鹿島の旅（「**鹿島紀行**」）。

貞享四年〜元禄元年（一六八七〜一六八八）、父の法要と吉野の花見を兼ねた旅（「**笈の小文**」）。東海道を下り、鳴海、豊橋、渥美半島、伊良子崎、熱田神宮、伊賀上野で越年し、伊勢、吉野、高野山、和歌浦、奈良、大阪を巡り、最後に須磨、明石を訪れ、芭蕉生涯で最西端の地を訪れた。

元禄元年（一六八八）、姨捨山で中秋の名月を見るために、岐阜から木曽路を経て信濃の更科を訪ねる「**更科紀行**」の旅では、更科の姥捨山から、浅間山麓を通って江戸に戻った。

元禄二年（一六八九年　芭蕉四六歳）三月〜八月の「**奥の細道**」の旅。奥の細道の旅程は、江戸千住から日光・那須を経て白川の関を越え、福島・仙台から松島・平泉などを巡り、尿前の関から山刀伐峠を越して尾花沢・大石田に出て、出羽三山に登り、酒田を経て象潟を訪ねた。ここから越路を南下して市振・金沢・小松・山中・福井・敦賀を歴訪した。八月に岐阜の大垣に到着する一六五日の旅である。

元禄二年～四年（一六九〇～一六九二）の期間、岐阜大垣で「奥の細道」の旅を終えた芭蕉は、伊賀上野、膳所の義仲寺無名庵、近江国大津の幻住庵、京の落柿舎などを転々としていた。この間幻住庵では「幻住庵の記」を完成し、落柿舎では「嵯峨日記」を記した。

芭蕉は五一歳の元禄七年（一六九四）九月に、大阪で派閥争いをしていた二人の門人を仲裁するために故郷伊賀上野から奈良を通って大阪へと**最後の旅**をした。

大阪で芭蕉は発熱を伴う下痢を発症し、大阪南御堂の花屋仁左衛門方離れ座敷に病臥した。元禄七年十月十二日、大阪の御堂筋の同屋敷の借座敷で、門弟達に見守られて、五一歳の生涯を閉じた。

元禄七年に、内縁の妻寿貞が江戸深川で死去したとの報を京都の落柿舎で受けた芭蕉は深く嘆き、「数ならぬ身となおもいそ玉祭り」の句を捧げた。寿貞の死から四か月後の芭蕉の死であった。

芭蕉死後

西の俳諧奉行と芭蕉に呼ばれた弟子の向井去来は「先師（芭蕉）は慈悲あまねき心操（心のみさお）にて、あるいは重ねて我が翁の門人と名乗らんといふもの、その貴賤。親疎とをわかたず、これをゆるし給ふおほし」と芭蕉の人柄を述べている。

芭蕉没後から、門人の各務支考（かがみしこう）は、精力的に諸国を行脚し、芭蕉の蕉風を旗印に掲げ美濃派と呼ばれる一大結社を形成した。また、晩年の弟子である志太野坡（しだやば）は西日本を中心に蕉風を説いて回った。

やがて全国の俳壇は蕉風俳諧が席巻することになり芭蕉は俳人の象徴として祀り上げられることとなった。

芭蕉百回忌の寛政五年（一七九三）には、全国各地の俳諧連中が芭蕉句碑を建立した。九州の俳人岡良山が神祇伯（じんぎはく）白川家に請願して桃青霊神になり、神社が建てられた。文化五年（一八〇八）には朝廷から飛音（ひおん）明神の神号が与えられた。百五十回忌の天保十四年（一八四三）にも、全国各地で芭蕉を祀る催しが執り行われ、二条家の斡旋で吉田家から、花本（はなのもと）大明神になった。

芭蕉塚・句碑について

芭蕉亡き後、全国津々浦々約千百五十町村に少なくとも三千二百を超える芭蕉塚（翁塚）、句碑等が建立されてきた。江戸時代のみをみても五十回忌（寛保三年）、百回忌、百五十回忌と大きな法要に際してその建立数は目立っている。

俳諧は複数の人々が、連句の形式にのっとって遊ぶ座の文芸である。五・七・五の長句と七・七の短句を交互に詠みあいながら、連ねてゆき、百からなる百韻形式や三十六句からなる歌仙形式などがある。そこには、月花の句や恋の句の扱いや季節の扱いなど約束事があり、一巻全体の構成にも、序、破、急とそれぞれの展開の流れがある。

俳諧が広がるには、その地域の文化的成熟と一定の教養を有する文化サークル（連中（れんじゅう））の存在を前提としている。

翁塚の存在は俳諧文化の広がり、蕉風俳諧のすそ野の広さを示している。そして、芭蕉を敬愛しそれらを建立することを悲願とした俳諧宗匠を中心とする連中の存在を示している。翁塚を建立することは、連中のシンボル的意味合いがあった。

諸国翁墳記について

芭蕉塚（翁塚）について最初にまとめられたのは宝暦十年（一七六二）芭蕉没後六八年目で、滋賀県大津市の芭蕉の墓がある義仲寺が、諸国から翁塚建碑の申請を受けて、「諸国翁墳記」として収録した。それには芭蕉塚や芭蕉句碑の所在地・碑文・建立者・吟社中等を掲載してあり、初版では二百五十九基が確認され、版を重ねるに従いその数も増加し、安政年間（一八五四〜一八五九）には三百九十基が、北は青森から南は鹿児島まで全国にわたり収められた。

この「諸国翁墳記」によれば、広島には当時七基あったことになっている。

第二章　芸備の俳諧

芸備の初期俳諧

貞門系俳諧

貞門俳諧の祖松永貞徳は承応二年京都で歿した。そのころから、貞門の弟子たちによって芸備地方（芸州と備州）にも俳諧がその門人たちによって伝えられた。

貞門の門人野々口立圃（りゅうほ）は慶安四年（一六五一）に、備後福山に来て城主水野勝俊に仕えた。以後一〇年間福山と俳諧を通じて関係を持ち、福山を中心として備後地方に貞門俳諧が広まった。

明暦から延宝にかけての貞門系の俳書に、数多くの芸備の俳人達の名前を見ることができる。これらの人たちは主に備後の人たちであるが、安芸の人もいる。

この頃すでに談林の俳諧も行われていて、貞門系と談林系を判然と区別することは困難である。

談林系俳諧

談林俳諧の創始者西山宗因は慶安元年（一六四八）広島に来遊した。広島在住の風庵を訪ね、妙風寺で「風庵宗因両百吟韻」を興行している。これは貞門の立圃が福山に来て水野家に仕えたのよりも三年早く、芸備でようやく貞門の俳諧が行われ始めた頃のことである。この宗因の来遊は、芸備の俳諧に影響を与えた訳ではなさそうだ。

芸備における談林の俳諧は、その宗因の門人達によってもたらされた。談林系では貞門時代から活躍していた広島の山脇道折（やまわきどうせつ）や、西鶴と両吟したことのある三原の安江（やすえ）草也（そうや）がいる。元禄七年芭蕉が歿する頃になると、談林系は姿を消していった。

蕉風俳諧

芭蕉が元禄七年に歿してから、多くの芭蕉門人たちが芸備を訪れた。芭蕉は、西国街道を経て長崎に行くことを最後に計画していたが、願い叶わず大阪で門人たちに囲まれながら不帰の人となった。明石市より西に来ることはなかった。

広島の蕉風俳壇の大御所風律の書「癖物語」によると、「蕉門門人にて広陵の客となる人 涼菟去来支考露川惟然舎羅孟遠等其外も有べし、その後野坡三度下向也」と来広の俳人の名があげてある。

涼菟は伊勢神宮の下級神職であった、岩田正致である。芭蕉晩年の弟子で、宝永元年（一七〇四）に西国行脚をしたが、竹原にも寄っている。

去来は京の向井去来で、京の去来の別荘落柿舎には芭蕉が滞在し、「嵯峨日記」を書いたことで有名であるが、「西の俳諧奉行」と芭蕉の信が厚かった。元禄十二年（一六九九）には、厳島を訪れているが、広島は素通りだったようである。

各務支考は、後述するように初期広島俳諧に大きな影響を与えた。

露川は本名沢市郎右衛門で伊賀の生まれ、元禄四年に蕉門となったようで、晩年の弟子である。諸国行脚を重ね、享保元年（一七一六）中国・九州行脚をし、「西国曲」を著している。

惟然は美濃国の広瀬源之丞で、元禄元年（一六八八）に名古屋で入門している。芭蕉の近江滞在時期や、芭蕉の病没にも随従し、芭蕉に親愛された。芭蕉死後奥羽、北陸から九州まで行脚遍歴した。

舎羅は、大阪の榎並氏で、芭蕉が大阪で病没する前の句会に参加し、病床の芭蕉を看病した。元禄十三年以降は、中国・四国・九州方面など、蕉風伝播の行脚をした。

孟遠は彦根藩士の山本氏で、芭蕉の弟子の森川許六の門である。称徳四年（一七〇五）より、京、備中、備前、豊後、肥後に蕉風を普及した。

野坡は志太野坡のことで、以下に詳述するように、各務支考の来広の後に、芸備俳諧に直接指導を行い最も影響を与えた芭蕉の弟子である。

各務支考

各務支考　寛文５年～享保 16 年（1665 ～ 1731）（「芭蕉堂歌仙圖」より）

支考は美濃の生まれで、行脚僧として、伊勢や京を放浪していた。芭蕉が奥の細道を終え、京、近江を往来し奥の細道の収穫としての新しい俳諧境地を得、新たな活動を始めた元禄三年（一六九〇）に芭蕉に弟子入りし、芭蕉が近江の国分山の幻住庵に入庵した時には、師の薪水の労を取っている。

芭蕉の最後の年元禄七年には師の命を受けて伊勢の地に処点を構え、同年九月には伊賀での「続猿蓑」の編集に参加し、そのまま芭蕉の難波行に従って臨終を看取った。芭蕉他界時支考は三〇歳であった。その後約四十年にわたって俳諧師として活動した。

元禄十一年（一六九八）には、師が計画して果たせなかった九州行脚の旅に出立し、小倉、長崎、八代、博多、下関と回って、西国の地に蕉風の種をまいた。

翌宝永二年（一七〇五）には、新たに岡山、竹原、広島の中国筋から丸亀、今治へと瀬戸内海の各地を開拓した。

支考には、漂泊者僧門としての顔と、蕉風俳諧を諸国に伝播する俳壇経営の達人の顔がある。支考の俳諧大衆化時代の要請に応じた「ただごと」的平明調俳諧は、やがて「月並み」俳諧への先駆となっていった。

他方、論客としての支考は芭蕉門下随一で、すぐれた俳論書を多数残している。

上記元禄十一年の支考の筑紫への旅記録「梟日記」では、五月十五日に尾道、同十六日竹原に行き、十七日竹原の一雨亭に泊まり、十八日には同じ竹原の梅睡亭に行き、十九日には竹原を出て、四日市（東広島市西条）に向かっている。二十日には広島に行き、さらに二十二日には宮島で神前奉納を行っている。

ここで一雨とは、本庄貞宗のことで、塩浜仲間役を務めた浜主である。また、梅睡は竹原の豪商吉井家の四代目正盛のことで、一雨の俳諧仲間であったようだ。支考の日記には、両家とも「汐濱」の中にあったと記してあるので、両名とも塩田商人であることがわかる。

宝永二年にも支考は来ている。この時広島で「三日歌仙」を刊行している。この歌仙には支考と広島連との交友や厳島奉納の様子が書かれている。また、竹原の俳人一雨の追善句会を開いている。

支考はこれらの来遊によって安芸地方に数多くの門人を持った。支考が芭蕉十三回忌（宝永三年）に洛東で興行した「東山万句」には数多くの安芸の俳人の句が見られる。

元禄から宝永にかけての芸備俳壇は支考によって開拓された。ことに、竹原の吉井家には、地元の俳人が書いたものが数多く残っているようである。

その後、享保の初め頃から、次に述べる志太野坡が西国経営に乗り出し、広島から支考の足跡が消えていくこととなっていく。

志太野坡

野坡は芸備俳諧に最も影響を与えた俳人である。

野坡は、越前福井の商家の家に生まれ、江戸に出て、江戸日本橋越後屋三井両替店に奉公し、手代から番頭へと出世していった。

越後屋には、江戸深川芭蕉庵で催された「蛙合（かわずあわせ）」の句会に参加した同僚の孤屋（こおく）がおり、また、のちの元禄七年に出版された「炭俵（すみだわら）」を一緒に編集することになる利牛（りぎゅう）もいた。

志太野坡　寛元文２年～元文５年（1662～1740）
（「芭蕉堂歌仙圖」より）

野坡は、芭蕉が亡くなる一年前の元禄六年（一六九三）頃から、芭蕉の指導を受けるようになった。

芭蕉は野坡の将来性を高く評価しており、野坡の都会的感覚に、芭蕉晩年のテーマ「かるみ」に通じる詠みぶりを評価していた。その「かるみ」を具現化した句集が「炭俵」である。芭蕉と二人で巻いた、

梅が香にのつと日の出る山路かな　　芭蕉

処〱（ところどころ）に雉（きじ）の啼きたつ　　野坡

の発句・脇句ではじまる歌仙（「炭俵」）は、「かるみ」の風を代表するものとして、野坡の作品の中でも白眉のものである。

野坡は芭蕉死後、芭蕉追善の営みを西日本で続けている。元禄十一年（一六九八）から三年間、三井の両替の仕事で、長崎に長期滞在し、元禄十五年（一七〇二）から翌年までの二回目の本格的な筑紫行脚では、長崎のほか肥前、筑後、豊後、筑前などを巡遊し、多くの人たちを門下に引き入れた。

宝永元年（一七〇五）、越後屋三井両替店番頭の職を辞し、江戸を去って西国との交通に便利な難波の農人橋の地に居を移し樗木社を創設した。以後、一〇回以上中国、九州地方の西国を行脚した。

そうした野坡の俳壇経営は功を奏し、やがて中国・九州地方を含めて「盟約の門人一千余人、その面をしり、その講を聴くもの、、、すべて名を録せる。凡そ三千人」（「野翁行状記」）といわれるまでに野坡門は拡張を遂げた。また「生得性資寛厚和緩」と元来心が広く温和な性格であったようだ。

享保九年に難波市中の大火で、野坡は高津に新たに浅茅生庵を構え移り住んだ。

野坡は芸備には、享保元年、同十一年、同十三年、元文二年の少なくとも四回は来ている。

最初の享保元年の巡遊に際しての福山の駒田素浅（そせん）らの野坡入門から、元文になっての福山風羅堂の創設に至って芸備における野坡の地盤は固められた。福山の風羅堂は弟子の素浅以降、昭和の初めまで続いた。

二回目の享保十一年（一七二六）は、九州への旅の途次、広島・厳島等を巡遊している。

三回目の享保十三年（一七二八）には、九州巡遊の帰途、芸備の門人を訪ねている。最後は元文二年（一七三七）七六歳の時で、厳島の連中に招かれて、「風沙亭興行」をし、広島では風律亭で「竹に来て」の歌仙興行を行った。厳島にはこの時野坡が選をしたと思える俳諧発句が奉納されている。これが最後の西国行脚となり三年後歿した。

また野坡は三原にも巡遊し、「土に残る曳山鳥の尾やさかり松」の句を残している。廿日市でも野坡は足を止め、廿日市の西念寺跡に胡蝶園を開き、門弟の指導に当たった。

大竹市にも何度か滞在した。野坡の門人芦路（ろろ）は、大竹の人で尾谷可左衛門である。芦路は、野坡の死後大竹に浅生（あさお）塚を建立した。

以上にみるように、野坡は後述の福山の素浅、広島の風律（ふうりつ）などの弟子によって、芸備俳諧に一大勢力を築いた。

五升庵蝶夢

　蝶夢は、父祖は越前国敦賀の出身で京で生まれた、江戸時代中期の時宗の僧・俳人である。号を五升庵などと称した。京の時宗法国寺に入り、九歳で得度。一三歳頃浄土宗の帰白院に転じてその後住職となる。

　俳諧には一三歳から心をよせ、宋屋門に出入りしたが、宝暦九年（一七五七）、敦賀に赴いたのをきっかけとして、支麦系（伊勢蕉門）の地方俳諧に接し、「芭蕉翁の正風体を頓悟し」都市系俳壇（貞門系、其角系）から、地方俳壇に転じた。

　俳人で行脚僧の加賀国出身の二柳・麦水などと交流し、蕉風俳諧の復興を志した。二柳から京の地方俳壇を受け継いで、明和元年（一七六四）には「花洛蕉門棟梁」と呼ばれた。

　明和三年（三五歳）には帰白院の住職を辞し、同五年洛東の岡崎に「五升庵」を結

五升庵蝶夢　享保 17 年～寛政 7 年（1732 ～ 1796）（『意新能日可麗』より吉田偃武画）

び、以後約三〇年間蕉風復興運動の多彩な活動をした。清廉篤実な人格で、文人として高名な禅僧や歌人とも交わり、広く人望を得た。

芭蕉顕彰に最大の功績を残す蝶夢は、義仲寺（芭蕉の墓所）の護持と芭蕉追善行事を活動の中心とした。明和七年（一七七〇）の芭蕉堂再建法要、寛政五年（一七九三）の芭蕉百回忌供養を盛大に成し遂げた。芭蕉を生涯旅に過ごした「宗祖」に位置付け、俳壇に純粋な崇拝者を増やした。その俳聖的芭蕉観は、芭蕉偶像化への道も開いた。

蝶夢は、優れた編集者でもあり、『芭蕉翁発句集』『芭蕉翁文集』『芭蕉翁俳諧集』の三部作は、はじめて芭蕉の著作を集大成したものである。また、寛政四年に成る「芭蕉翁絵詞伝」は、最初の本格的芭蕉伝である。

また、蝶夢は、諸国への旅をしばしば試みて、地方俳壇の組織的な拡大を行い多くの地方俳諧師を指導した。蝶夢はこれらの経営を地方俳人が主体的に担うように導き、各地の芭蕉塚建立をも勧め、芭蕉復興運動を全国的に高揚させた。

府中市上下の風葉（ふうよう）こと医師の矢野厚益撰徳は、明和年間に京の岡崎に蝶夢を訪ね、子弟の契りを結んだ。安永六年（一七七七）には、吉野行の帰りに京都に立ち寄り、東山双林寺で蝶夢らとの句会に参加している。また、安永八年（一七七九）には蝶夢が門人を伴い出雲参拝の途次に上下を訪れ、風葉宅に宿泊した。

庄原市の田総上市(総領)の人越智古聲(吉左衛門)は、明暦四年(一七六七)俳諧を京の蝶夢に学んだ。安永八年に蝶夢が上下を訪れた折に、田総を訪れた蝶夢らと後述の「山里塚」供養の俳席を設け、歌仙を一巻いた。この歌仙を持って蝶夢と上洛し、義仲寺に奉納し、鴨川の水楼に蝶夢を招いて俳諧興行をした。また、蝶夢の『蕉門俳諧語録』や「芭蕉翁絵詞伝」の発刊に出資し、義仲寺の芭蕉百回忌供養には歌仙の席に参加している。

高桑闌更

闌更は、江戸中期〜後期の医師で俳人である。金沢の商家に生まれ、俳諧を加賀蕉門の和田希因に学んだ。三〇代のなかば頃から俳諧活動が活発になり、蕉風復古を志して芭蕉の資料を世に紹介するとともに、独自の蕉風論を唱えた。

江戸を経て京都に移り、天明三年(一七八三)洛東に芭蕉堂を営んで芭蕉会を催した。温厚な性格が慕われ、多くの門人を擁して京都俳壇の中心人物となり、寛政五年(一七九三)の晩年には二条家から花の本宗匠の称号を与えられた。

広島藩士の飯田篤老は、はじめ広島で俳諧を多賀庵二代目六合などに学んだあと、

高桑闌更　享保11～寛政10年（1726～1798）（八椿舎康工「俳諧百一集」より）

一九歳で上京して高桑闌更に学び、「関西一人」と称されるに至ったが、文化五年（一八〇八）に帰広、飯田家を継いで町方吟味役となった。

同時期の文化文政期には、篤老と同門になる梅室と蒼虬も芸備俳壇と深いつながりを持っていた。二人とも闌更と同じ金沢の生まれで、京で俳壇活動をしている。この二人は芸備地方の俳書に多数の句を載せている。

後述するように、梅室は、文政十年（一八二七）竹原市の朝暉が芭蕉塚（麻刈墳）を建立した時の記念句集「桜麻」に句を寄せている。また、天保十四年の仁方の芭蕉句碑の句字も書いている。

長月庵若翁

若翁は、肥前大村藩主家の別家の大村太左衛門の子で、堀家に養子に行き孫左衛門徳輝と名乗った。大村藩士として仕えていたが、明暦年間二八歳の時脱藩した。

その後行方が明らかになったのは、一三年後の信州柏原の記録である。若翁はこの地で、寺子屋を開いていた。その地には一〇歳余りの一茶がいた。

若翁は、柏原で活動後江戸・大阪・松山・今治・尾道・伊賀上野・江戸・柏原と一所不住の行脚を続けた。その原動力は各地での芭蕉の追善供養であったようだ。寛政四年（一七九二）には、大阪で芭蕉百回忌を催し、同年には尾道に戻り、一座五二名による追善句会を行い翌年千光寺に芭蕉句碑を建立した。

若翁は尾道の済法寺にも句碑を建立した。現在失われているその句碑には「名月の麓の霧や田の雲」の句が刻してあり、この句碑は句中の「麓」にちなんで「麓墳（ふもとふん）」と名付けられていたという。芭蕉の月命日の毎月十二日には若翁が願主になり、中国地方一円の俳人らから句を募り、それを「麓墳」に備えて月供養を行った。寛政期のこの時期は、中国地方の有名俳人となり、尾道と大阪でひっぱりだこであったらしい。尾道からは大阪の長月庵に戻っている。大阪では、先述の高桑闌更と親しく交わっている。

長月庵若翁自画像　享保20年～文化10年（1735～1813)
(三重県伊賀市　大西正晴氏所蔵)

尾道時代の「時代不問歌仙行」には若翁の人柄を「若翁ハ住所さたまらす、産ハつくしなる大村となん、和漢にわたる達伯なり、手記見事也、人からよく、人品よく殊勝なる宗匠と云」とある。

芭蕉の生誕地伊賀上野に住むことが望みであったらしく、享和二年からの八年間上野に庵を結んだ。ここで、芭蕉の「故郷塚」を改修したり、故郷塚案内の辻石を建てたりした。

若翁は柏原本陣中村家で八〇歳で歿し、柏原の雲龍寺境内に若翁墓碑がある。

ところで、小林一茶は、寛政四年江戸を発って同十年まで七年間、九州、四国、中国の西国への長途の旅をしたが、中国では尾道に寄って若翁に会い、一緒に百韻歌仙を巻いている。

後年一茶は江戸に居住していたとき、江戸深川の若翁宅に泊まり、また一茶の師匠で浅草蔵前で札差を営んだ夏目成美の居宅でも若翁と会っている。

ちなみに一茶は四国に渡り、寛政七年（一七九五）当時松山の町方大年寄であった後述の栗田樗堂を訪ね二〇日間も滞在している。また翌寛政八年には再び樗堂を訪れ、今度は半年も滞在し、歌仙を巻いたりしている。その樗堂は晩年呉市大崎下島御手洗に移住した。「二畳庵」を営み俳諧風雅の道に身をゆだねた。

第三章　西国街道に沿って

江戸時代の幕府の交通政策は、幕府や公家・諸大名など領主階層の公用交通への便宜を第一義とした。諸街道に宿駅（しゅくえき）を設け、そこで人馬を替えて、貨客を送り継ぐ「継立（つぎたて）」を行う問屋場や、諸大名の宿舎としての本陣、また脇本陣として有力な商人の民家や寺院、そして武士や一般庶民などの宿舎であった旅籠（はたご）などが整備された。またその従者や人足の宿舎には一般の民家も使われた。さらに、里程を知るための目標となる一里塚や松並木なども沿道に整備された。

幕府は江戸を中心とする五街道に次いで、大阪から長崎に通じる西国街道を脇街道に位置付け、沿道の諸大名にその管理を依頼した。この西国街道（または山陽道）は、京都の羅城門（東寺口）から下関の赤間関（あかまぜき）に至る道として整備された。この西国街道は、道幅二間半（約四・五メートル）と定められ、公用通行の休泊や物資の逓送（ていそう）の便宜を図るために、沿道二～五里半（約八～二二キロメートル）ごとに計四十二の宿駅が設けられた。

芸備（広島県内）では、東の備後神辺宿（福山市神辺町）に始まり、今津宿（福山市今津町）、尾道宿（尾道市）、三原城下（三原市）、安芸の本郷宿（三原市本郷町）、四日市（東広島市西条）、海田宿（安芸郡海田町）、さらに広島城下（広島市）、廿日市宿（廿日市市）、玖波宿（大竹市玖波町）まで、約四二里（約一六八キロメートル）の間に、これらの十か所の宿駅が設けられていた。また、沿道には三十四カ所の一里塚や並木が整備された。

この西国街道は、備後神辺宿や安芸四日市宿など中世以来の市場町を通過するとともに、重要な港町である尾道宿、廿日市宿、城下町である広島城下や三原城下を結び、瀬戸内海航路や河川交通と有機的に結びついていた。

福山市

広島の西国街道では京に一番近い地であることから、芸備地方の俳諧は、この地から広まった。古来より備後南部に港が多く点在し、深津、今津、など港を意味する地名が今日も残されている。

現在の福山市域に含まれる西国街道は神辺平野を横断するように通され、この周辺は備後で最も栄えた地域となっていた。

安土桃山時代には備後国は概ね毛利氏の所領となり、鞆には毛利氏の庇護の元に、室町幕府十五代将軍足利義昭が滞在したりした。関ヶ原の戦い以後は福島氏の所領となり、神辺と鞆に支城が置かれた。

一六一九年福島氏の改易となり、徳川家康の従兄弟の水野勝成が、備後国東南部・備中国西南部の十万石を与えられて、西日本への幕府の楔として福山藩が成立した。水野勝成は当時干潟であった臨海部の深津郡野上村に福山城と城下町を建設し、この町を福山と名付けた。

水野勝成は連歌や和歌もよく嗜み、自ら作歌詠吟している。晩年は、京都から俳仙といわれた野々口立圃（りゅうほ）を福山に呼ぶなどして福山藩の俳諧の興隆の礎を築いた。

福山藩は、一六九八年に五代藩主水野勝岑の死去で跡継ぎがいないため除封となり、福山藩領全域が天領（幕府直轄領）とされたが、一六九九年に松平忠雅が転封する。しかし、一〇年後には、代わりに阿部正邦が福山に転封し、阿部氏が明治維新まで続くことになった。

王子神社（福山市東深津町五丁目）

毛利元就の八男毛利元康は、慶長三年に居城を神辺からこの海に面した王子山城（深津城趾）に移した。この神社に城の本丸があったという。

備後風土記（七一三年）によれば、須佐之男命が朝鮮より八王子とともに帰朝し、命等を信仰すれば、その子孫を疫病から守ると宣（のたま）ったため、深津郡の人々は、この深津島山に王子神社を建てた、と伝えられている。

王子神社社殿

実際には、当社に関する古資料はほとんど見当たらないようで、文化五年（一八〇四）の「西備名区（せいびめいく）」の深津郡条に、「王子権現　深津嶋山と云ふにあり。其先は石畳のうへに神躰の石を置くばかりなりしが、元禄の検地の時、彼竿役人（かのさおやくにん）（検地役人）の側に狐二疋が付廻りけるが、此山へ竿を入んとしける時、竿先に立回りける故に、免されて除地となり、今は繁昌して大社となれり」とあるのみで、創建当初からの祭神が須佐之男命・八王子だったか否かは不明である。

芭蕉句碑

扇にて酒くむかけや散桜　　　芭蕉翁　　　【明治年間、松永俳人連中建立か】

【句意】

「桜花爛漫の花の木陰で浪漫的な情趣にひたっていると、いつの間にか能楽の作中人物と化した気分になり、ふと扇で酒を汲む所作を真似てみる。そんな自分の陰に、花がはらはらと散りかかる」。

これは、芭蕉が貞享四年～元禄元年に、父の法要と吉野の花見並びに伊勢、奈良、高野山などを巡る旅を兼ねた「笈の小文」の旅の中の句である。

野坡の句碑

凍みちや梅は香もる風羅堂　　野坡　　【平成十三年十一月、王子下住民建之】

芭蕉句碑の隣に新しい句碑が建っており上記句面の側面に「風羅堂二世　浅生庵野坡」とあり、背面に「平成辛巳年霜月　王子下住民建之」とあり、西国街道を何度も通り、広島の地に蕉風を伝えた野坡を顕彰している。

王子神社風羅堂二世野坡の句碑

既述したように、享保元年に野坡は福山を訪れ、深津の醤油業今津屋達士・酒造業鍵屋由均らの支持を得て、風羅堂を創設。野坡は芭蕉を一世とし、自らを二世と称した。

「風羅」とは容易に風にはらつき破れる羅（うすもの）のことで、芭蕉が「笈の小文」の文頭で、自身のことを「かりに名付けて風羅坊（ふうらぼう）といふ。まことにうすものの風に破れやすからんことを言ふにやあらむ」、と記していることから命名した庵の名前であろう。

享保の末に野坡は風羅堂を弟子の素浅に譲り広島に移った。素浅（一六七二～一七五〇）は医師で駒田如俊といい、雨声庵（あめこえ）素浅と称した。素浅は備前岡山の藩医渡辺如閑に医術を学び、渡辺性を名乗り、三〇歳台に福山に来て住んだようである。

素浅は四五歳頃より、野坡の教えを受けたので、師の浅生庵野坡から「浅」の字をもらったものと想像される。

この素浅が野坡の許可を得て編纂した「桜苗」は、風羅堂の由来や野坡の句などが載っている俳諧撰修である。その中に、「丁部の端山に祖翁（芭蕉）の魂を仰き永く此道の栄を祈るのみ　凍みちや梅は香もる風羅堂　野坡」の野坡の句がある。句碑はこれを刻したものである。

「桜苗」よると、風羅堂は東深津村の妹尾氏の別荘の地に創建され、月次会が催されたという。その場所は、この王子神社からすぐ北の王子山薬師寺の裏のあたりであったらしい。

なお、この野坡の句碑の傍に素浅の句碑、

　　簑嶋の裾うつ浪や秋日和

も建っている。これは、同じく「桜苗」にある句で、前書きに「簑島　田島に渡るとて松か端より小舟うかめしに沖の方より風雨して」とある。芦田川河口の簑島から田島（内海町）に渡ろうとした時の句であろう。


【現地探訪】

王子神社は国道二号線北側の旧市街の小山の王子山にある。道路の山際の高い石垣の中ほどに、「深津王子神社」の石柱があり、神社に登る石段がある。

王子神社風羅堂三世素浅の句碑

石鳥居をくぐると、急に視界が開け、町に向かって開けた広場がある。広場の左手に比較的簡素な社殿があり、この神社が、旧深津郡深津村の王子神社である。

社域の町を見晴らす方向に向かっていくつか、句碑が建っており、一番古いものが芭蕉の句碑である。石碑面には「扇にて酒くむかけや散る桜　芭蕉翁」と刻してあるはずだが、扇、桜、芭蕉ぐらいしか判読できないくらい風化していた。句碑の裏には字が認められなかった。

賢忠寺（福山市寺町四丁目）

曹洞宗南陽山賢忠寺は、元和八年（一六二二）に、福山開祖水野勝成が先代水野忠重の菩提のため開創した寺で、重成の法名、瑞源院殿勇心賢忠大居士にちなみ名付けられた。以後水野家菩提寺となっている。御本尊無量寿如来は、平重盛が念持していた仏様を勝俊が迎え祀ったものと伝えられている。

この寺には、水野勝成の墓地があり、勝成の遺愛品が沢山蔵してあり、「勝成公の

賢忠寺山門

寺」として知られている。

芭蕉句碑

年々や桜を肥す花の塵　　はせを

【明治初期、後藤此柱（しちゅう）ら建立】

【句意】

伊賀上野の富商、大阪屋次郎太夫の別荘で花見が催された際の半歌仙の発句である。

庭に年経た桜の古樹を讃える挨拶句で、ことわざ「花は根に帰る」を念頭に置き、自然の命の隠微な営みをみつめたそのままの句である。

句碑を建立した後藤此柱は、福山笠岡町の人、後藤武兵衛または一郎のことである。幕末の深津町の土屋暁村社中で、能書家でもあった。六十六銀行に勤めた。明治四十年（一九〇七）五一歳で没した。

【現地探訪】

賢忠寺は国道二号線のすぐ近くに位置する。寺の山門は立派な竜宮門である。住職によれば、中国の福建省で組み立てられた、純粋な中国禅様式の建築で、楼上には釈迦如来像、十八羅漢像があるそうである。

門の左側には、「曹洞宗　南陽山賢忠寺」の大きな石柱があり、側面には「福山城主水野勝成公菩提寺」とある。

本殿の方には幼稚園が併設され、幼稚園の事務所の中に入り芭蕉の句碑のことを尋ねると、住職が出てきて案内してくれた。

門のすぐ左横の古い桜の木の横にその句碑はあった。高さが一・五メートルもある立派ものであるが、句碑面は風化してかろうじて「年々」あたりまでしか読めない。住職も何と書いてあるかわからないという。そこで資料の句と建立年代を見せた。

賢忠寺の桜の木と句碑

そばに桜の木が植えてあり、句碑にふさわしい趣であったが、住職によればあまり古い木ではないそうである。一年に一度くらいこの句碑を訪ねてくる風流人がいるそうである。

薬師寺（福山市今津町一三五二）

今津に宿場が設けられたのは江戸初期の頃であり、備後の領内で西国街道に設けられた二か所の本陣のうちの一つで、東の神辺宿と西の尾道宿との中間に位置していた。明治初めの農民一揆で焼き払われ、表門と石垣だけが残ったという。かつては、九州各藩の定宿として利用されていた。

薬師寺山門

この今津本陣すぐ東側の山裾に位置しているのが、「新熊野山東方院薬師寺」である。真言宗の古刹であり、本尊の薬師如来は、開山の弘法大師が安置したと伝えられている。

この寺は弘法大師が唐に渡るため九州の筑紫への海路途次、船をこの松永湾に留め、紀州熊野三社権現を勧請し、一山に三か寺を開創し、蓮華寺を本宮、薬師寺を那智、金剛寺を新宮に充て、三寺とも新熊野山と号していた。

参勤交代の大分中津藩奥平家が中津に海路転封させられた際、この寺本尊に海上安全の祈誓をして九死に一生を得たため、以後同藩の参勤交代の指定宿としたといわれている。

また、多くの文人墨客が集まる場所であり、詩や俳句の会が盛んに催されたようである。

芭蕉句碑

今日ばかりひとも年よれはつしぐれ

【明治四十一年（一九〇八）晩春、秦々舎桃州連中建立、羽州書】

【句意】

元禄五年（一六九二）彦根藩士の許六の江戸邸で歌仙興行をした時の発句である。

「時雨の寂しさは枯淡の境地に達した老いの心にふさわしい。折から降りだした初時雨に、若い人々よ、今日ばかりは年寄の心境になって、この寂びた情趣を味わってほしい」と寂びの境地を詠んでいる。

薬師寺山門から見下す参道

句碑の背面には「明治四一年晩春建之　秦々舎桃州連中」とある。この連中は松永の俳人連中である。桃州とは、福田英太郎のことで秦々舎と名乗った。後述の福山鞆の浦の円福寺の句碑を書した花屋庵鼎左（はなやあんていさ）や京四条洞院の八木芹舎（やぎきんしゃ）に俳諧を学んだという。

【現地探訪】

国道二号線を外れ旧山陽道（西国街道）に入ると、山の手に向かう坂道の参道の先に山門が見える。立派な山門の右の石柱には「真言宗御室派新熊野山」、左の石柱には「準別格本山薬師寺」とある。

石段を上り、山門をくぐった境内の右手の松の木の根元に円形の芭蕉句碑があった。句碑を見て山門を出ると、下に西国街道と町並みがあり、遠くに松永湾が横たわり、この地が陸と海上の交通要衝の地であったことがよくわかった。

尾道市

尾道の名の由来には、大宝山、摩尼山、瑠璃山、の各山が海にせまり、海岸沿いに山尾根伝いに一筋の通りがあったことから「山の尾の道」に由来するという説や、港にとって大切な船の航路から生まれた「水尾の道」という説がある。

中世より交通の要衝であった尾道は、平安時代に備後大田庄（世羅町）公認の船津倉敷地で、荘園米の積み出し港となった。

江戸時代には、内海航行船の寄港地だけでなく北海道～大阪を結ぶ大型船「北前船」の寄港も始まり繁栄した。豪商たちはその財を寺の建立や町の整備などに投資した。それにより商人文化が開花し、その商人の庇護を受けて、文学、絵画、茶道、囲碁などに関わる文人墨客が多数居住した。

千光寺（尾道市東土堂町一五―一）

大宝山権現院千光寺は真言宗の寺で、尾道港を一望する大宝山の中腹にあり、大同元年（八〇六）弘法大師の開基で中興は多田満仲公と伝えられている。

貞享三年（一六八六）建立の珍しい舞台造りの本堂は別名「赤堂」とも呼ばれ、本

千光寺本堂（赤堂）

尊の千手観世音菩薩は聖徳太子の作と伝えられている。昔から火難除けの「火伏せの観音」と称せられ、今は諸願成就の観音様として信仰されている。

この地は風光明媚なことから多くの文人墨客が訪れ、頼山陽は「六年重ねて来たる千光寺」と漢詩に詠んでいるそうである。

芭蕉句碑「閑古鳥句碑」

うき吾を寂しがらせよ閑古鳥　　芭蕉翁

【寛政四年（一七九二）、長月庵若翁・松本文彩ら五二人建立】

【句意】

「閑古鳥よ。いつも何となく物憂い思いでいる私を、その寂しい鳴き声で、もっと実のある

千光寺からの尾道水道

孤独な閑寂境の中に誘い込んでほしい」、と寂びの境地を詠んでいる。
元禄四年（一六九一）、京の向井去来の別荘落柿舎での芭蕉の滞在日記「嵯峨日記」に出てくる句である。同日記には、「獨住ほどおもしろきはなし。長嘯隠士（木下勝俊隠者）曰、『客は半日の閑を得れば、主は半日の閑をうしなふ』と。（山口）素堂此言葉を常にあわれぶ。予も又、うき我をさびしがらせよかんこどりとはある寺に独居て云しくなり」とある。ある寺とは、元禄二年「奥の細道」の旅を終え、岐阜大垣より伊勢神宮へ向かう途次止宿した伊勢長島の寺のことである。
この句碑は、寛政四年（一七九二）年十月、尾道に滞在していた俳人長月庵若翁が当地の俳人五二人と芭蕉百回忌の追善句会を催し、建立したものである。
若翁はこの年大阪で芭蕉百回忌を催し、その後尾道に戻り、この句会を催して、翌年にその句会の句を集めて「其蔓集（そのかずらしゅう）」を刊行した。

なお、句碑の書は俳人桜井梅室（さくらいばいしつ）（一七六九〜一八五二）の筆である。梅室は、加賀国金沢に生まれ、天保の三大俳人の一人に数えられている。金沢の医師上田馬来（うえだばらい）に俳諧を学び、京都、大阪、江戸、金沢を渡り歩きながら活動した。

この梅室は文政三年（一八二〇）には中国地方を旅し、安芸国で年を越している。また梅室は後述の呉市仁方の句碑の句も書いている。

【現地探訪】

千光寺山の離合が難しい山道を車で登り、千光寺公園の入り口から、公園の海側の道をしばらく歩いていくと、千光寺の本堂にたどり着く。

上述の赤堂とも呼ばれている本堂の入り口の石段右手に、石柵に囲まれるようにして丸い芭蕉の句碑があった。句碑の手前の土には花が植えてあり、風化した句碑に彩りを添えていた。句文が判読困難なほど句碑面の風化が進んでいた。

なおこの千光寺公園内には、「文学のこみち」と名付けた尾道ゆかりの文人の作品を刻んだ二十五基の文学石碑が立ち並んでおり、正岡子規、川東碧梧桐、山口誓子などの句碑もあった。

三原市

三原の名の由来は、旧三原市街地の後背に聳える桜山などの谷間に、三つの川の流れ出たところにできた湧原、駒ヶ原、小西原の原があり、その三つの「ハラ」から「三原」と呼ばれるようになったとの説がある。

三原は、瀬戸内海のほぼ中央に位置する良港で、古来近畿と九州を結び四国と連絡する海上交通の要衝として発展した。鎌倉時代から戦国時代にかけては、小早川氏が台頭し、小早川隆景が、瀬戸内海の交通を掌握することを目的に三原城を築くと、城下町・軍港として発展した。

また旧山陽道沿いの宿場として繁栄するなど山陽道の要地としての役割を担ってきた。三原の平坦地はかつて海面であり、埋立ての歴史により発展してきた。

西福寺（三原市西野町二一四三）

曹洞宗西福寺は元亀年中（一五七〇〜一五七三）安田新兵衛忠信氏によって創建され、山号は大寶山。開基は法常寺五世全室宗用大和尚。現本堂は大正時代に再建されたものである。本尊は阿弥陀如来で、平成十一年に本尊の「阿弥陀如来立像」と脇侍

西福寺山門

の「観世音菩薩像」「勢至菩薩像」の三体が三原市の重要文化財に指定されている。

芭蕉句碑

梅ヵ香にのっと日の出る山地かな

【寛政五年（一七九三）、合歓庵社中建立】

【句意】

「早春、梅の香の馥郁（ふくいく）と匂う未明の山路を辿っていると、行く手の山の頂から赤い大きな朝日が急にのうっと登り始めた」、と清爽感あふれる早春の山路の風景を、俗語の「のっと」の語感を生かし、平明な句長でとらえている。

元禄七年刊の「炭俵」に掲載された野坡との両吟歌仙の発句である。この句は、芭蕉が奥の細道の旅を終え、晩年に達した境地「かるみ」を表現した「炭俵」の巻頭を飾る「かるみ」を代表する句である。「かるみ」というのは、日常の言葉でやわらかに詠み、しかも新しみを持つ句を示し、「さび、しおり、細み」などを考え、「不易流行」を考えた線上の発展的展開の心境である。

句碑を建立した「合歓庵（ねむあん）」というのは、三原の人で梨陰（りいん）こと三次高伯のことある。梨陰は先述の蝶夢、闌更と交わり、尾道に滞在した若翁とも交流があり、広く京の俳人と交わった。三原の土芝（どし）こと川口伴亀は闌更に俳諧を学び、「合歓庵」社中に入り句碑の建立に尽力した。

この碑は、寛政五年芭蕉翁百回忌を記念して三原の数人の「合歓庵社中」の有志が西野梅林にこの碑を建立し、「常志倍の梅」という追善句集を出している。その句集には「とこしえに匂ふや墳の梅朝日」（梨陰）などの、芭蕉のこの句と同趣向のものなども見られる。

【現地探訪】

三原バイパスから少し大峰山の山裾をあがったところにその寺はあり、山門からは、瀬戸内方面が見渡せる。曹洞宗西福寺と刻した立派な石柱が山門の下に立っている。寺はよく掃除されゆきとどいた整備がされた小さっぱりした境内である。

寺の住職に芭蕉句碑のありかを尋ねると、句碑は寺にはなく、寺に続く下の西野霊苑の駐車場にあると、教えてくれた。境内には山頭火の句碑もあるらしいが、どれかわからなかった。小雨の中山麓の駐車場の山に向かう小道に、芭蕉句碑があった。
句碑文は鮮明であった。「合歓庵社中」の有志が西野梅林に建立したとあるから、この後ろの山は当時梅林であったのだろう。

三原八幡宮（三原市西宮一丁目）

三原八幡宮の本殿

三原観光協会の説明によれば、この神社は、永正七年（一五一〇）に比大神・応神天皇・神功皇后を祀り、西町・西野村一帯の総氏神として建てられたと伝えられている。天正三年（一五七五）小早川隆景によってこの地に移され、浅野氏時代、この南側に広がっている宮沖新開築造の際に新田が寄進されている。

芭蕉句碑

旅人と我名よばれむ初しぐれ　　祖翁

【大正八年（一九一九）、徳原幾太郎月舟建立】

【句意】

貞享四年（一六八七）の「笈の小文」の旅の出立吟である。

「いさぎよい初時雨に濡れながら、道々で『もうし旅のお人よ』と呼ばれる身に早くなりたいものだ」。

芭蕉の弟子室井其角（むろいきかく）亭での旅の壮行連句会で詠んだものである。

社域広場から神社に向かって右手側に、三段ほど石組みをした土台の上に、芭蕉の句碑がある。石碑の文字は比較的克明で、「旅人と我名よばれむ初しぐれ　祖翁」が、万葉仮名交じりで記してあった。石碑の背面には「華甲寿記念の為め　之を建設す　大正八年十一月吉辰　徳原幾太郎」とあるので、月舟氏が還暦記念に建立したようだ。

伝えによれば、雄略天皇がこの地を訪れたとき、境内の松の枝ぶりを愛で、そのさまが時雨のようであったところから、「しぐれ松」として住民に親しまれた松があったそうである。月舟氏はその「しぐれ」にちなんで芭蕉の前掲の句碑を建立したようである。

【現地探訪】

三原八幡宮へは、川沿いの狭い道からまっすぐ神社に続く参道は狭くて軽自動車以外登坂できない。地元の人に尋ねて、そこからもう一つ先の、山裾に立ち並んでいる住宅街の狭い道を登り神社のある小山の山裾に着いた。

そこから社域の山を側方から登り神社の山門にたどり着いた。神社の前が開けたちょっとした広場になっている。

神社の造りは古く、拝殿の奥にも柵で囲まれた本殿のようなものがあった。拝殿の前に茅の輪が備えてあった。これは素盞嗚尊（すさのおのみこと）伝説に由来し、元来正月から半年間の穢（けが）れを祓い、残り半年の無病息災を祈願するもので、十二月にも行われることがあるが、本社のように一年中置いてあるのは珍しかった。

拝殿の右側には末社の天神社があり、ここでかつて連歌が行われていたという。

この地から、三原の古浜港を遠景に、古い西町一帯の家並みの続く旧山陽街道が眼下に見渡せ、かつての三原城城下町の面影がしのばれた。

広島市

古代・中世には現在の広島市街地がある太田川デルタは形成されておらず、安芸国の中心としては国府が開田荘（現安芸郡海田町）におかれ、太田川中下流域の祇園（安佐南区）・戸坂（東区）から可部（安佐北区）にかけて荘園、郷が広がっていた。

一五世紀頃には、現在の市街地のあたりは太田川によって運ばれた土砂が堆積し、次第にデルタを形成するようになった。

一六世紀中頃には安芸国守護職武田氏は滅亡し、代わって毛利氏が次第に勢力を伸ばした。さらに毛利氏は厳島合戦で山口の陶（すえ）氏を破ると、急速に勢力を拡大し、中国地方の大半を領有する大名となった。

天正年間に毛利輝元は、領地経営のため、本拠地の吉田の郡山城（安芸高田市）から海陸交通の要衝の地に本拠を移すことが必要となった。太田川デルタの上に築城し、この地を「広島」と命名して、城下町を建設した。

慶長五年（一六〇〇）の関ケ原の戦いに敗れた毛利輝元は、防長二か国に移封された。代わって尾張の福島正則が芸備の領主となった。

福島氏は毛利時代に引き続き城下町の拡張や整備を行うとともに、当時南を通っていた西国街道（旧山陽道）を城下に通し、出雲・石見国への雲石街道の整備を図った。

この西国街道を城下に引き入れたことにより、東西の西国街道沿いとその近辺は町人町となり賑わった。東は段原村・比治山村から猿猴橋町、西は広瀬村から小屋新町までが城下町となった。

福島氏が幕府から広島城の無断修築の罪で改易されると、元和五年（一六一九）紀州から浅野長晟（ながあきら）が、芸備の領主として入城した。その後、広島城下の南方の干潟は次々と干拓されていった。

広島城下は内海航路沿いの最大都市として、本川や元安川沿いは他国船で賑わいをみせ、なかでも中島界隈は街道沿いに大店が並ぶ商業の中心地であった。この地域は、二つの川の分岐点に位置することから、太田川上流の芸北地域と広島湾とを結ぶ水運による物産集散地で、西国街道（山陽道）はこの地区の中ほどを横断していた。

失われた芭蕉句碑（広島市西区山手町）

芭蕉句碑（消失）

しぐるるや田のあら株のくろむほど

【篤老社中建立】

【句意】

「山道沿いの田圃に点々と居並ぶまだ新しい稲の刈り株が、折しも回り来たった潔い時雨にぬれて、みるみる黒ずんだ濡れ色に変ってゆく」。

元禄三年（一六九〇）伊賀上野での発句。

【現地探訪】

西区山手町の丸子山の加藤氏宅地跡にかつてこの芭蕉句碑があったようであり、西区山手町で尋ねてみたが、加藤氏の宅地跡は不明であった。

この地域の墓地「小川内墓苑」が山腹にあり、この墓の先にかつて加藤氏の家があったという話を土地の方に伺い、数回ほど登って、屋敷跡や句碑らしきものを探した。このあたりは、現在広島高速四号線が通っており、立ち退きになった宅地跡らしい地も見られたが、句碑は残念ながらみつからなかった。この地は西国街道が通っていた己斐橋あたりよりやや北にあり、なぜ句碑があったかは不明である。

この句碑は「諸国翁墳記」に記録されているので、句碑があったことは確かであろう。ここで、句碑を建立した「篤老社中」とは、以下に述べる飯田篤老連中のことである。

長遠寺（じょうおんじ）の篤老墓（広島市中区大手町）

宇品線電車通りの中電前駅と太田川の中島町の中間ぐらいのところに位置している寺で、かつては西国街道沿いに大店が並ぶ商業の中心地近くであったと思える。

長遠寺は、もとは日興門流法華宗勝劣派後の本門宗（現・日蓮本宗）京都要法寺の末寺である。開山は紀州出身の日堯上人で、広島藩主になった浅野長晟の入国に際し、大手町七丁目の地に元和五年（一六一九）建立された。

長遠寺

文政三年（一八二〇）境内で巨鐘を鋳造したが、時の名士であった飯田篤老は「鐘を寺中鋳たるは古今を通じて当寺のみ」と称えたといわれている。

爆心地より八九〇メートルに位置するこの地は原爆により七堂伽藍は焼失したが、幸いにも板曼荼羅三宝四天王、日蓮聖人木像は焼失を免れたという。

飯田篤老は町方付歩行組の広島藩士で、名は利矩（としのり）である。はじめ広島で俳諧を多賀庵二代目六合などに学んだあと、一九歳で上京して京都高台寺の医師で俳人の高桑闌更（らんこう）の門に学び、「関西一人」と称されるに至ったが、文化五年（一八〇八）に帰広、飯田家を継いで町方吟味役となった。

多賀庵を中心とする広島の俳諧に飽き足らず、自ら一派をたて家に名付けて篤郎園と称し、蕉風の高揚に努めた。少数精鋭の同志と大鳴社を結成して活動を始め、多数の俳書を刊行するとともに、多数の門下生を抱えるようになり、広島で多賀庵と並ぶ勢力となった。文政九年（一八二六）四九歳で歿した。

篤老の菩提寺はこの長遠寺である。彼はこの寺に於いて先師闌香を追慕し、十七回忌の折にはこの寺で「席上百韻」を興行し、『合歓雨集』を編んでいる。

俳書以外にも、広島城下の地誌である「知新集」の編纂を文政年間に完成させている。この本は広島町奉行管内の詳細な地誌で、広島藩地誌「芸藩通志」の下調書となったものである。

篤老時代の特徴の一つとして、彼が武家であったことが挙げられる。庶民文芸を武士も愛好するようになったことが知られる。

【現地探訪】

道路に面して日蓮宗長遠寺の門柱がある二階建ての建物があり、まっすぐ進むとすぐ寺の墓地である。墓苑案内の説明板に墓碑とその位置とが図示してあった。入り口の最初の右手の墓碑が「飯田篤老碑」とある。

墓石は上三分の一のところで折れたものを修復接着したように見える。墓石の字は断片的にしか残っていない。それでも墓石の上方に横書きされているのは「飯田家」の篆書かと思える。線香立の石も傷んだそのままであった。

この墓石の損傷は、爆心地にあったための被爆によるものであろう。

教傳寺の風律墓（広島市西区古田台二丁目）

風律は元禄十一年（一六九八）広島市中区塩屋町に生まれた。父は木製の塗り物を家業としていた木地屋保兵衛で、風律は三代目を継いだ。若い頃より俳諧を好み、志太野坡が広島に来た折に、広瀬村油池（中区堺町三丁目南裏）の別邸に招き、何度か俳諧の教えを受けた。

風律は、芭蕉が奥の細道で訪ねた多賀城跡の多賀城碑（壷の碑（つぼのいしぶみ））に同地から京、蝦夷国、常陸国などへの距離が刻してあるのを模した碑を建て、多賀庵を結んだ。

多賀庵は代々の庵主に引き継がれ、昭和四十五年に九世紫明が亡くなるまで、二〇〇年間も続いた。江戸時代の広島俳諧は先述の篤老が出るまで多賀庵一色であった。

東広島市高屋町白市に戦国時代平賀弘保が築いた白山城址がある。この南側山麓に城主が光政寺（こうしょうじ）を建立した。

風律十三回忌で芭蕉の百回忌でもある寛政五年（一七九三）に白市の風律の弟子たちが、この山麓に、風律の「鶯やとなりなれともこの地の枝」にちなんで「鶯塚」を建立した。

東広島市白山城址の鶯塚

【現地探訪】

風律の墓は中区猫屋町の教傳寺にあったが、平成二年に西区古田台に同寺が移転し、その時風律の墓も移転した。古田台へは、西広島バイパスから田方橋を曲がり、さらに田方二丁目の交差点を右に曲がり、広島市立古田台小学校の前で、右の脇道を下りていくと、教傳寺に突き当たる。

教傳寺の住職よれば、当時風律の墓は被爆したため脆くなっており、移転するかどうか悩んだそうである。寺に隣接した新しい墓地に、一基だけ古い石塔の風律の墓石がある。墓の二個の台石は黒ずんでいたが、石塔は被爆し白くなったとのことである。

墓碑銘は「風律翁釋氏以心道居士」である。墓石側面には「木地屋彦兵衛　行年八十四」とあり、風律は家業を第一とし、俳諧はその余暇としていたようだ。

廿日市市

平安時代末期、平清盛は安芸守に任ぜられ、厳島神社の修繕を決意し、仁安三年（一一六八）には海上に浮かぶ壮麗な寝殿造の社殿を造営したが、承久の乱で社殿を焼失した。

鎌倉幕府の命により厳島神社を再建するために対岸の地域に多くの職工たちが移り住み、生活物資・再建物資の集積が始まった。鎌倉時代中期には毎月二十日に市が立つようになり「廿日市」という名称がこの地に定着した。

このように中世以来、廿日市は厳島神社の造営・修繕と西中国山地産の木材の集積を基盤とした木材産業の町であった。

さらに、毛利氏による広島城下の建設は、中世の山陽道を大きく南下させ、城下から己斐村（広島市西区）を経て、廿日市へと沿岸部を通る近世の西国街道を形成した。佐伯郡の西国街道は、東は己斐村から西は木野村（大竹市）渡し場までで、廿日市と玖波村（大竹市）に宿駅が置かれた。

江戸中期以降になると、商品経済が発展して、廿日市のような宿駅は賑わった。また、この頃より、廿日市港は木材や米、紙などの物資の集積地として北前船の寄港地にもなり、廻船業の発展をみた。

また、石見国（島根県）津和野藩の亀井家は、参勤交代の往来に、津和野街道を東上して廿日市に宿泊して、ここから海路をとって兵庫県の室津へ上陸していた。

廿日市でも商業活動が盛んになるとともに、町人の文芸・芸能活動が盛んとなり、僧侶や医師などが俳諧連中を作り、社交の一助とした。その背景には、厳島で盛んに連歌や俳諧の会が開催されて、それらの記録が厳島神社に奉納されていた影響があったであろう。

住吉神社の湖春句碑（廿日市市住吉二丁目）

この神社はかつては、須賀(すか)町の潮音寺の境内にあった。その後、この住吉の神は海上安全の守護神として住吉新開が弘化四年（一八四七）に埋め立てらた時に整備された港に移された。さらに、昭和五十八年、廿日市木材港の整備の際に現在地に遷された。三度目の移転である。地元の人や港を利用する関係者に住吉さんとして信仰されてきたようである。

住吉神社

潮音寺

句碑（誤伝句碑）

にょきにょきと帆柱寒き入り江かな　【弘化三年（一八四六）、廿日市俳諧連中建立か】

廿日市の有志（廿日市井筒聯か）が寺境内に、赤花崗岩に芭蕉葉を彫った句柱に、当時芭蕉の句と誤伝されていた、北村湖春（きたむらこしゅん）の句を刻した。

この「にょきにょき……」の芭蕉塚は、山口県の長門市湯谷町人丸神社と萩市音声寺、横須賀の東岸の東叶神社の境内、その他にも三か所建立されている。いずれもこの句意がよく似合う港が見える場所である。

この句は元禄九年（一六九六）版の『反古集』（遊林編）に芭蕉の吟として載せられているものである。さらに、元禄十年の「真木柱（まきばしら）」いう俳諧作法書にも掲載されていたそうである。これは江戸で出版された俳諧の作法書で、俳諧作法書として広く用いられた。この本に芭蕉句として掲載されたことが全国的に誤伝された原因と思える。

この句の作者北村湖春（一六八四～一六九七）は、江戸時代前期から中期にかけての歌人・俳人である北村季吟（きぎん）の長男である。

その季吟は近江野洲郡の医者家系であったが京に出て、貞室の師松永貞徳の門に入り、俳書『山の井（やまのい）』を出版したりして、晩年には幕府の歌学所に入って、法印にまで昇進した。

湖春は父の季吟に師事し俳諧・詩を学び、寛文七年（一六六七）、二〇歳を期して宗匠として独立、父の命で「続山井（ぞくやまのい）」を編集した。

この句集には、若き芭蕉の句が「伊賀上野松尾宗房」の名前で三一句も入集している。

芭蕉は、故郷伊賀上野（三重県上野市）で、一〇代の前半頃より、藤堂新七郎家に武家奉公に出て、二歳年上の新七郎家の嗣子良忠（俳号は蟬吟）に仕えた。

蟬吟は俳諧を楽しみとし、季吟門に入ったため、芭蕉も季吟門に加えられたようである。

湖春は、京で江戸の俳壇と親しかった千春を一員に加え、京都俳壇・江戸俳壇との交流を積極的に図った。千春は、天和二年（一六八二）に江戸に下向し、当時季吟の門人であった芭蕉ら江戸俳人と興業した連句や発句を集めて『武蔵曲（むさしぶり）』として発行した。

また、芭蕉存命中の最後の句集で「かるみ」の実践書「炭俵」（野坡・利牛・孤屋編）には、湖春の句が多数入集している。

廿日市は俳諧が盛んであったようで、元禄七年芭蕉が歿してのち、既述のように芭蕉の弟子の各務支考が宮島来遊したが、その時の句集などには、廿日市の俳人達の名前が見える。

享保年間になると、志太野坡が西国巡遊の旅に、廿日市に足を止め、廿日市の西念寺跡に胡蝶園を開き、門弟の指導に当たった。

一年の活動後この地を去るにあたり、野坡は「残菊や秋の名残を廿日市」と、その心境を読んでいる。元文二年（一七三七）に再来し、素梅亭（石井七郎助隆三氏）に遊んだ。

野坡の広島の後継者ともいうべき風律は、胡蝶園の

現在の西念寺

庵主杏蘆（きょうろ）坊と百吟を詠んでいる。

【現地探訪】

宮島街道を下り、廿日市港北の交差点を海に沿って木材港を南に数分下ると、右手に住吉神社がある。神社の塀や囲いもなく、うっかりすると見過ごしそうな、こじんまりした神社である。かつては、ここより南の海側の住吉新開の守り神であったが、

そこが木材港となり昭和五十八年この地に移された。鳥居も社殿もこじんまりして、新田開発地にふさわしい神社であろうか。

　この地から宮島街道を西へ数一〇〇メートル宮島方向に行くと、白壁に囲まれた中に松の木が聳えている寺が道路沿いに見える。住吉神社があった浄土宗潮音寺である。この寺のあたりがかつての海沿いであったようだ。山門をくぐると立派な本堂と松の木のある庭が清掃されており、松風山の山号にふさわしい。

　この宮島街道をもう少し下り串戸交差点から少し北に行くと、道路沿いに民家と見間違うような無人の寺があり、これが西念寺である。

　享保年間に志太野坡が西念寺跡に胡蝶園を開いたが、その西念寺と現在の西念寺との関係は不明である。

大竹市

天平時代（七二九～七四九）の続日本書紀に「大竹川をもって安芸・周防の国境とする」とあり、「大竹」という地名は、古くから使われていた。

　山口の大内氏は、安芸国の守護武田氏を滅ぼし、安芸国の南西部は大内氏が支配するようになった。その大内氏は陶晴賢に滅ぼされた。

一方、毛利氏は、既述のように、戦国大名として成長していき、毛利元就軍は、厳島の戦いで陶晴賢を滅ぼした。毛利氏は勢力を広げ、安芸・備後・周防・長門・出雲・石見などを支配するようになった。

大竹市域も毛利氏の勢力下におかれ、玖波は厳島の大願寺、小方・黒川は毛利氏家臣の熊谷氏、大瀧（大竹）は児玉氏の給地などになった。

慶長五年（一六〇〇）、関ケ原の戦いに勝利した徳川家康は、安芸・備後の所領を東軍の福島正則に与えた。

広島に入った福島正則は、まず小方、三次、東城、三原に支城を築いた。小方城の築城は、慶長十三年（一六〇八）に完成し、地形が亀が伏している形に似たところから、「亀居城」と呼ばれたが、三年後には亀居城は破却された。

既述のように福島正則は、徳川幕府より改易を命じられ、新藩主の浅野氏は、福島氏が確立した統治制度の多くを継承し、家老の上田重安（宗箇）に、一万石の知行地を与え、小方に配備した。大竹市域はすべて上田氏の知行地になった。

大竹村は、山陽道の東に瀬戸内海に望み、沿岸部を山陽道が通る玖波宿の宿場町として栄えた。この地は山陽道安芸国最西端の宿場で、木野川を渡って周防国瀬戸宿

（岩国市）へ続いた。

　宿場の本陣は寛永九年（一六三二）家老上田氏が庄屋平田家の居宅に茶屋を設けたのが始まりで、その眺望が素晴らしいので、文人墨客が集まるところとなり、「洪量館」と名付けられた。

小方の西国街道

現在の小方港

　毛利氏の本拠が吉田から広島に移された天正期末には、毛利氏の重臣である桂氏が小方に入り、一帯を支配した。小方は軍事上・行政上において重要な地域であったようだ。

　江戸時代の西国街道は、玖波宿場から黒川を経て小方の城下に入り、小方旧道を抜け御園・苦の坂へとつながり、木野川渡し場へと続いた。

　江戸時代の玖波宿本陣に対して、小方は脇本陣（間（あいの）の宿（しゅく））といって、玖波宿でまかないきれない場合は、小方に泊まっていた。現在も玖波には本陣跡があり、小方には間宿跡が残っており、後者の近くに芭蕉句碑がある。

小方は、玖波とともに良港とされ、船により大阪・四国・九州方面へと特産の和紙や木炭などが運び出されていた。

氅（けごろも）の碑（大竹市小方一丁目）

氅につゝミてぬくし鴨の足　　者世越（はせお）

【建立】天保十四年（一八四三）、為百五十回追福建之社中

【句意】

「鴨の短い脚が、ふっくらした毛衣のような腹毛に包まれて、見るからに温かそうだ」。「氅」は鳥の羽で作った衣のことである。

元禄六年（一六九三）冬の発句で俳諧七部集の「続猿蓑」に収載されている。

小方の旧街道脇の氅（けごろも）の碑

元治年間（一八六四〜一八六五）に、この地の俳人市川蘭氏、永田斗泉らが、この碑にちなんで「鶖社」という俳句の会を組織した。この俳壇は、慶応から明治にかけて隆盛を極め、後に清遊倶楽部へと引き継がれたそうである。

【現地探訪】

広島から山陽自動車道大竹ＩＣで降り、市役所に行き句碑の場所を尋ねたが、居合わせた職員は誰も句碑を知らなかった。小方一丁目付近に行き辺りをうろつき、公民館の向かいの民家の老人に芭蕉塚のことを聞くと少し考えて、すぐ近くの鶖の碑の場所を教えてくれた。句碑の説明看板は新しく、この地区の人が、芭蕉塚を大事に守ってきたのがよくわかる文面であった。

日を改め、小方港を経て、小方一丁目に向かった。芭蕉句碑の斜め前には、旧街道沿いに木の長い塀がある。これが和田家の門で、佐伯郡十一村を管轄する割庄屋だった家である。この門は幕末の長州戦争で村全体が焼

和田家の長屋門

かれたとき消失したものを、明治時代に再建したものである。この家に江戸時代の大竹に関する古文書が沢山残っているという。

幕末になると、大竹市域は長州藩との境界にあることから、慶応二年（一八六六）の幕府軍を追撃する長州軍との芸州口の戦いで、大竹・小方・そして玖波宿のほとんどが焼き払われた。現在の町並みは、征長の役で焼かれた後明治以降に再建されたものであり、明治になって再建された通りであるが、昔の西国街道の面影がわずかに感じられた。

薬師寺（大竹市元町四丁目）

「大竹川」（小瀬川）を挟んで、安芸大竹村と長州和木村の国境の磯争いは、慶長期以来、しばしば繰り返されたようである。

江戸時代に入ると、何度となく小瀬川周辺の両藩の境界論争があり、享和年間になって、両藩が合意し、川の中央に杭を打ち、芸防の境界を定めて以後は紛争がなくなり、新開開発が急速に進んだ。大竹村の発展は現在の小瀬川沿いの元町から下流に向って徐々に開け、江戸時代に新開地として埋め立てられた地域である。

元町を小瀬川に沿って少し上流に行くと西国街道の木野川の渡し場で、ここが安芸

薬師寺の入り口（史跡浅生塚入り口）

薬師寺本堂

周防の国境である。なお小瀬川は周防の小瀬村の名称で、安芸では木野村があり木野川と呼んでいた。

小瀬川を前にした薬師寺の裏山に、かつて西福寺という寺院があり、後にこの西福寺の護摩堂をこの地に下ろしたのが、この真言宗神楽山薬師寺の始まりといわれている。ここは、乳薬師といわれ、多くの女性がお乳の出ることを願ってお参りしたようである。

薬師寺のご本尊である薬師如来は、行基（六六八〜一七四九）の作と伝えられている。また、宝暦年間の作といわれる十一面観音菩薩坐像もある。その他、誕生釈迦仏立像阿弥陀如来坐像や弘法大師坐像も安置されているという。

史跡浅生塚・芦路塚

浅生塚　【明和年間（一七六四〜一七七二）、芦路ら竹里連中建立】

芦路塚　【安永二年（一七七三）、芦路の門人ら建立】

薬師寺境内の裏手の山際に、二人の俳人の塚が並んで建立されている。向かって右側が、志田野坡の「浅生塚」で、輝照凝灰岩（青石）に大きく刻まれている。

「浅生塚」右の「芦路塚」

志太野坡は西国行脚の間、大竹村にも幾度となく滞在し、その都度、俳句の会を開き同行の人々が集まり、「竹里連中」という会が生まれた。
野坡の顕彰碑は、大阪難波から九州にかけ、今日なお十二か所残っている、中国路では大竹にだけ残っており、大竹市の史跡文化財に指定されている。
野坡を慕う大竹村の門人、孔雀坊芦路（ろろ）と梨花亭巨礫（れきてい）がこの塚を建てた。
芦路は、廿日市市宮島町の生まれといわれ、結婚後大竹村に永住し、昨飽庵と称して大竹に留まり俳諧指導をした。安永二年（一七七二）、七二歳で歿し、浅生塚の傍に門人たちにより「芦路塚」が建てられた。

【現地探訪】

国道一八六号線を小瀬川沿いに、古い風情ある町並みを通り抜けると、「史跡浅生塚」の石柱があり、そこが薬師寺であった。

薬師寺は広島新四国八十八か所第四霊場の看板がかかっている小さな寺で、本堂に隣接する部屋に家族が生活しておられるようで生活感がよく出ている寺院であった。件の塚が見つからないので、近所の御婦人たちが集まって食事している庫裏（くりや）に行った。この寺の人らしい夫人に、浅生塚のことを尋ねると、この堂の裏の山への階段を上がったところにあると教えてくれた。

第四章　石州街道（銀山街道）に沿って

石州街道というのは、石見国（島根県）の銀山の中心地であった大森より銀や銀鉱石を港へ運ぶために利用されていた旧街道の総称である。この街道は、石見街道や石見銀山街道（銀山街道）、石州道（路）や石見道（路）などといった名称でも呼ばれている。

一六世紀前半、石見銀山の開発初期は、「鞆ヶ浦道」が利用され、日本海にある鞆ヶ浦が銀の積出港であった。その後、同じ日本海にある温泉津の沖泊が銀の積出港を担うようになり、「温泉津沖泊道」が利用されるようになる。しかし、冬の日本海は季節風が強く、船の航行に支障が多いという問題を抱えていた。

その後、徳川家康が天下を統一してからは、石見銀山が徳川江戸幕府の直轄領（天領）となり、慶長六年（一六〇一）に初代銀山奉行に着任した大久保長安が、安全な陸路でより大量の銀を運び出せるように、大森から中国山地を越えて尾道の港までの三五里（約一四〇キロメートル）におよぶ瀬戸内海の尾道の港への「尾道道」を整備し、同港が銀の積出港となった。

銀はこの石州街道を、大森銀山→赤名峠（銀付け替え駅）→室（駅）→布野（銀付け替え駅）→三次（宿泊駅）→吉舎（駅）→甲山（宿泊駅）→御調（駅）→尾道（宿泊駅）→航路→大阪（着）と輸送されていた。

また、尾道に至る途中の宇賀（現在の広島県三次市甲奴町宇賀）より当時福山藩領であった笠岡の港に至る「笠岡道」も整備された。この道は宇賀より分かれ、甲奴—上下—備後府中—新市—備後国分寺神辺—金浦を経て、笠岡の港に至る道で、ここから銀は大阪へ運ばれた。石見銀山からの瀬戸内海への銀の輸送は幕末まで行われた。

笠岡市は、現在は岡山県であるが、現在のほとんどの市域は江戸時代初期は福山藩領で、江戸時代中・後期は幕府直轄地であった。

なお、石州街道は備後国分寺（福山市神辺町下御領）前にて西国街道と交差していた。

庄原市

中国脊梁山地にあり、一九五四年に比婆郡庄原町と高、本田、敷信、山内東、山内西、山内北の六村が合併して市制が施行された。二〇〇五年には総領、西城、東城、口和、高野、比和の六町を合併した。中心市街は西城川の河岸段丘上にあり、江戸時代中期には広島藩の支藩三次藩の役所が置かれ、また市場町でもあった。

法福寺跡（庄原市総領町稲草）

法福寺跡「山里塚」の傍の「碑麦宇翁之碑」

一九五五年に田総（たぶさ）村と領家村が合併し、両村から一字ずつとって総領町が成立した。

稲草は江戸時代を通じて広島藩領であり、福山と出雲を結ぶ石州街道沿いに位置し、出雲産の木綿がこの市を通じて福山から大阪へ運ばれ、中国山地の砂鉄・米・銀などもこの道を通った。その宿駅でもあった稲草村には、下市（しもいち）・上市（かみいち）という集落があり、付近の中心をなしていた。
田総川に沿って上流にあるのが上市で、西から来た出雲路が北に向かう辺りである。
上市の法福寺は廃寺になっていて、詳しいことはわからない。この寺に越智古聲(おちこせい)は臨川亭という庵を結んでいたようである。この丘の上から清冽な田総川が流れる風景が眺められ、臨川というのは、この川に面したという意味であろう。

山里塚

山さとは萬歳をそし梅の花　【安永八年（一七七九）、古聲建立】

【句意】

「辺鄙な山里には万歳(まんざい)も遅く来る。正月も半ばを過ぎて梅も花盛りを迎えた今頃。やっと来たことよ」。万歳も京都や町方は正月早々に回るが田舎はあと回しである。
この句は芭蕉晩年元禄四年（一六九一）に、故郷伊賀で催された句会での発句である。

安永八年（一七七九）三月、蝶夢が門人沂風(きふう)と出雲への旅の途次上下町を訪れ、その後この地を訪れ、句会などを開いたと伝えられている。その折、古聲らは、この「山里塚」碑の建立供養をし、それに胡蝶は列席している。それより古聲も蝶夢に同行し出雲に旅立っている。

ここで、古聲は延享三年（一八四六）に生まれた備後国田総上市の人で、庄原の板倉氏の出で、越智家に入家し、これを継いだ。俳諧を京都の五升庵蝶夢に学び、初め風路、後に古聲・桃甫・眠亭と号した。

古聲が蝶夢の門下となったのは明和年間（一七六〇年代）であろうと推測される。この古聲の号は、蝶夢が白居易の詩にちなんで名付けたもので、「むかしの声をよく聞得て風流の糸すちをあやまることなかれ」として与えたという。

古聲は後年、蝶夢の遺稿「出雲紀行」を収めた『はまちとり』を上梓して蝶夢二十五回忌の追善としている。寛政四年には、芭蕉百回忌を追善して、東城・庄原・田総などで俳諧興行を催し、『ももとせのふゆ』と題して蝶夢に序をもとめ、これを刊行している。

古聲は文政八年八〇歳で歿したため、排歴が長く、江戸の夏目成美、京の麦宇・沂風、広島の多賀庵風律・六合など、その交際圏が広かった。

麦宇翁之碑（ばくうおう）

京都の人小川致理は麦宇と号し、古聲の俳友である。文化元年（一八〇四）に田総を訪れ、二回目は文化三年から同六年まで滞在し、俳諧道場桃庵を開いて、村の子弟に俳諧や書を教えた。文化十年晩年を田総で過ごすべく、江戸から備後に向かったが、大阪で客死した。その功績をたたえて文化十三年（一八一六）に山里塚の傍にこの碑を建てた。裏に長い碑文が刻まれており、古聲が撰文をした。

文塚

法福寺跡の蝶夢の書簡を供養した「文塚」

寛政八年（一七九六）に古聲は前年に歿した蝶夢からの書簡を集めて、供養のために「文塚」を建てた。その後も享和元年、臨川庵に七回忌を修し『ひえいの月』を編み、文化四年には『雪のふる言』を田総連が板行して蝶夢十三回忌を追善している。

【現地探訪】

世羅町今高野山から庄原市総領町まで、県道五一号線で世羅町西上原から、途中三原を通過して、庄原市総領町稲草に行く道を通った。この道は作業車が通るような狭路の山道で、車が離合できる箇所が限られていた。一時間近くかけて総領町稲草の国道と出合う交差点まで来た。

県道五一号線が国道四三二号線にぶつかるところで、正面の国道沿いの山に狭い石段が山に向かっている。車を降りて気付く程度の狭い石段である。上市の集落の北側、国道との比高約一〇メートルの南向き山裾に臨川庵（法福寺）跡があった。臨川庵跡の右手に接して「三島神社」と手書きの板を鳥居につけた、小さな神社があった。

法福寺跡イロハモミジの古木

小さな祠のそばのイロハモミジの古木の根元に、おむすび形の石碑が座っており、碑面の文字が何とか読める。

この碑と並んで「麦宇翁之碑」の石柱が建っている。芭蕉句碑と麦宇翁之碑の後ろの古木は、樹齢二〇〇年を超える大樹である。古聲は幾度か上京しており、その時古聲が京より持ち帰ったイロハモミジの種子を、芭蕉句碑建立時植えたと伝えられている。

このイロハモミジは、臨川庵跡とその西方の共同墓地に生育しており、県指定の天然記念物となっている。

芭蕉句碑がある臨川庵跡の裏山の共同墓地を登っていくと、アセビのような灌木に隠れて直径三〇センチメートルくらいの丸い「文塚」と刻した碑石が台座の上にあった。裏に文字が書いてあるが、風化が激しく読めない。庄原市教育委員会から送ってもらった資料によると、「此之墳者洛陽蝶夢和尚の書翰也　寛政八丙辰夏四月廿日埋之」と刻してあるそうである。

宝蔵寺（庄原市東本町二丁目）

寺の縁起によれば、聖武天皇時代に川北村勝光山に行基菩薩が開基され、昭和四十五年に、開創一二五〇年になったそうである。

保延年間に宮中の祈願所となった。室町時代になり、柳原大仙谷龍尾山に移り、四十余りの末寺を有し、甲山城主山内家累世の祈願所となった。

その後毛利家国替により山内家が長州に移り、寛永年中柳原堂廹に移った。正保年間に当山末寺上野寺を合併しこの地に移ったそうである。

芭蕉句碑

旅人と我名よはれん初しくれ　　【文政六年（一八二三）、眠亭社中建立】

【句意】

三原八幡宮の句碑の説明を参照（46ページ）。

この碑は、文政六年には庄原本町の天野屋伊藤氏別荘「風蘭荘」庭内跡に、古聲の眠亭社中によって建立されていたものを、昭和十七年以降に宝蔵寺に移されたようである。近世の庄原村の本通り筋の北端崖の総称である「店滝」地域に、庄原を流れる小川が滝となって流下する景観がみられたそうである。庄原市の教育員会によれば、現在の町名では芸備線の南の中元町と西本町の境あたりで、ここに「風蘭荘」があったそうである。

【現地探訪】

目的の東本町の宝蔵院は庄原ＩＣを降りてすぐであった。道路から斜めに伸びた道路の先に広い寺の敷地建物が見え、入り口に高い石柱が道の両脇に建っている。左の石柱に宝蔵寺、右のそれに竜尾山と刻してある。平地の参道がここからまっすぐ続いていた。

本堂に続く境内の左に張り出た立派な屋根を有する高い鐘楼がある。右手の石垣で組んだ崖上には、これまた大きな観音堂が見えた。

正面が本堂であるが、本堂の右手前の「手水舎」の後ろに目指す芭蕉句碑があった。一メートル足らずの小さな句碑で、少し傾いている。碑正面下部の芭蕉の字はよく読める。句面は「旅人と我名よはれん初しくれ」と途切れ途切れに読めた。

宝蔵寺の本堂に向かって鐘楼と観音堂

「眠亭社中建焉」の文字が石の横に読める。反対側の側面には「文政六癸未年」と読めた。今のうちに拓本を作成しておいてほしい。

この句碑の先の山際には護摩堂がありそこに続く渡り廊下がある。この地にこのような大がかりな寺があるという事実は、往時の石州街道の繁栄を彷彿とさせるものである。

住職夫妻によれば、ここの句碑は昭和の初め頃までは、本町の町中にあったものを、この寺に移したものであるという。そのことは歴史的な記述とよく一致する。

府中市

「府中」は、七世紀大化の改新後この地に「備後国府」が置かれ、備後国の政治、経済、文化の中心であった。

また府中市は、石州街道の出口の町であり、かつては街道筋の町として栄えた。府中から北へ延びる道は、近世の初頭には中国山地を越え山陰へ抜ける脇街道として使われていたが、寛永年間に木綿運上所が設けられるなど、周辺の村々で生産された綿花・木綿織物・煙草・コンニャク・和紙などが集散する在郷の府中の市として人馬が行き交った。

さらに、寛永年間に府中の出口から荒谷・木野山・上下を経て石見に至る石州街道の宿駅として貨客を送り継ぐ「継立（つぎたて）」や旅籠などのある宿場としての機能も加え、町は大いに賑わった。

府中市の上下町はもともと鉄や米の集積地であり、銀山のある幕府直轄の石見国大森とも街道で結ばれていたことから、上下代官所は大森代官所の出張陣屋となり、銀を安全な陸路で江戸に運ぶ街道の重要な中継地としての役割を果たすようになった。

この地は、大森から石州街道を出発して、石見と備後の藩境の分水嶺の赤名峠を越え、宇賀（現在の広島県三次市甲奴町宇賀）で分かれて、上下、府中、笠岡港に出る陸路の中継地であった。元禄十一年（一六九八）、福山藩主水野家は跡継ぎ死亡によりお家断絶となり、その所領は幕府直轄の天領となった。

江戸時代、幕府の公金を扱う商いを「掛屋（かけや）」と呼んだが、上下には豊かな商人が多かった。金融業者による「上下銀」は、東は倉敷、西は岩国のあたりまで貸し出された。上下銀の取り立ては厳しく、広島藩が上下銀の借用を禁止したが、それでも借用者は後を絶たず、広島藩自身も約三千両を借り入れたとされている。

旧街道筋には、屋根の「うだつ」、「格子戸」、「虫籠窓（むしこまど）」や奥行きの深い町屋などが現在も残っており、江戸時代の宿場町としての興隆を感じることができる。

専教寺（府中市上下町上下）

浄土真宗是仏山専教寺の縁起は、境内の掲示によれば次の通りである。南北朝の初め延元二年（一三三七）、鎌倉の人北条九郎忠親が仏門に入り道願と号した。明光上人に随従して西国に下向し、この地に至り専教寺を建立開山し、光照寺末としたそうである。

　元治三年（一八六四）第二次長州征伐の際、福山藩主は上下に泊まり本陣を専教寺に置いた。その表札が現存しているという。

　明和年間から安政年間にかけて上下では俳諧が盛んとなり、専教寺の第十世と十一世の住職は、俳人としても知られている。

専教寺の山門と手前の句碑

芭蕉句碑
唐土のはいかい問む飛ぶ胡蝶　正風宗師（芭蕉）
戸明ければ蝶の舞いこむ日和かな　幻阿上人（蝶夢）
存生らへてよき世に逢ぬ秋の蝶　風葉居士
【文化年間（一八〇四〜一八一八）、上下連が建立か】

【句意】

「蝶よ、お前に唐土（もろこし）の俳諧がどんなものかを聞いてみたいものだ。蝶は荘周（荘子）の分身であるから、寓言（例え話）に詳しいはずだ。日本では俳諧は寓言なりと言っているから、お前には唐土の俳諧が良くわかるはずであるよ」。

句の前書きに「拝ニス荘周ノ尊像ヲ一」とある。これは、荘子の「荘周胡蝶の夢」の故事に、荘周が夢の中で胡蝶と化してヒラヒラと楽しく飛び回り、自分が胡蝶なのか荘周自身かわからなくなったという寓言を想起してのことであろう。

芭蕉がこの句を作ったのは天和年間で、この時期は談林派では漢詩調が流行しており、芭蕉自身は、中国の古典詩歌から俳諧に文学性を持たせようとしていた。文学探究の旅を始めて蕉風を確立する以前の試行錯誤の時期の句である。

蝶夢は京の俳諧師で、芭蕉の顕彰に生涯をささげた、上下俳諧の師である。風葉（ふうよう）は上下の医師矢野厚益撰徳で蝶夢の門人である。この句碑は、文化年間の建立とみられ、当時の住職第十世素習（俳号素夕）、第十一世柴山（俳号竹堂）は俳人として知られ、父子二代にわたって上下俳諧に尽くした。

句碑は蝶夢を讃え、「蝶」にちなむ句を撰び建てられたものであろう。

上下の俳諧が活発になるのは、安永から寛政の頃で、寛政五年（一七九三）の芭蕉百回忌をひかえ蕉風復興の全国運動が盛んになり、京都の蝶夢はその中心にあった。既述のように風葉は、明和六年（一七六九）に、京都の岡崎に蝶夢を訪ね、その高説に接し直ちに子弟の契りを結んだ。風葉と蝶夢は密接な交誼を結び安永六年（一七七七）には、吉野行の帰りに京都に立ち寄り、東山双林寺で蝶夢らとの句会に参加している。

安永八年（一七七九）蝶夢が門人を伴い出雲参拝の途次に上下を訪れ、風葉宅に宿泊した。

風葉は蝶夢を庄原の総領まで案内し、前述のように総領では越智古聲をはじめ多くの連中が蝶夢を迎えた。臨川庵で古聲主催の句会が開かれた。

風葉は、俳書と儒学の書を出版したり、蝶夢の「芭蕉翁絵詞伝」に出資したりと、上下における俳諧の先駆者となった。また、上下連は総領の古聲との交流を深め、句会を開いている。

専教寺には俳諧を志向する住職の素夕・竹堂の親子がいたため、当時は俳席の拠点となっていたであろう。そのため、この寺には芭蕉句碑が建立されているのでなかろうか。

ちなみに、幕末には上下は第二の俳諧興隆期を迎えたが、これは、上下の商家長谷部家の兄弟風外（ふうがい）と露萩（ろしゅう）によってもたらされた。特に露萩は天保十年（一八三九）、高桑蘭更門人の梅室流の比良城林曹（ひらきりんそう）に入門した。翌年林曹は上下を訪れている。露萩は安政三年（一八五六）京都二条城で開催された林曹主催の俳諧連歌会に連中として出席したりして、京大阪や中四国の俳人を招き俳諧の会を重ね、当時の上下俳諧の中心人物であった。

当時の上下は、他所から多くの俳人が游来し、備後俳諧の一大拠点であった。

上下町の白壁の道（上下町商店街）

【現地探訪】

庄原から府中市の上下町まで国道四三二号線で三〇分位であった。古い町並みの町に入ると、国道から山側に入ったところに、レトロな「白壁の道」（上下町商店街）がある。さらに、上下川を越えて目的の山裾の専教寺を訪れた。

寺に続く狭い道路の山側に、石垣を組んだ白い塀に寺の立派な建物が見える。寺の山門は、木造の二階建てで本堂に不釣り合いなくらい立派なものである。山門の柱に「浄土真宗本願寺派　是佛山　専教寺」の大きな看板が掛けてあった。門の正面の本堂の左横に親鸞聖人像が建っていた。本堂の裏はすぐ山の崖であった。

　山門を入って左手に、立札風の芭蕉句碑の説明板が立ててあり、その左奥に一・五メートル程度の苔むした大きな烏帽子形用の石が石の台座の上に載っていた。碑面に文字らしきものがかろうじて見て取れるが、判読は不可能であった。これが、上述の三人の句碑であった。

上下代官所跡

　寺の巨大な山門を出て、寺の塀に沿って歩くと、白壁の立派な庫裏（くり）が数棟あった。この寺は、山の崖のすぐ下にあり、前は川が流れているため、正面に参道がなかった。

　旧通りを再現した「白壁の道」に行った。商店街の店舗や銀行などの建物の道路側を白壁造りに改造してある。中には格子造りの江戸時代風の建物や戦前の商店風の建物もあった。

土蔵造りの薬局や明治の西洋館風の病院が昭和レトロ風のままに残してあったのがノスタルジックで、職業がら印象に残った。

通りに面した旧岡田邸の上下歴史文化資料館に入った。この家は、女流作家岡田美知代の生家だそうで、二階がその資料室となっている。彼女は田山花袋の小説「蒲団」のモデルになったそうで、田山花袋もこの街を訪れたという。

陳列ケースの中に、「上下の俳諧―黎明と隆盛」という上下町における江戸・明治時代の俳諧資料展の冊子が展示してあった。館長さんにその冊子のコピーをしていただいた。館長さんは初老の女性で、以前は府中市の教育委員会に勤めていたそうである。

資料館を出て、白壁の道を散策して、道路の突き当りの扇橋を南に折れ、一〇〇メートルくらい歩き、国道四三二号線を横切ってすぐ先の右手に天領上下代官所跡があった。建物はなく陣屋の石垣が残っていた。台地の上には雑草が茂っているのみで、荒涼感があり、かえってかつての繁栄を思わせる。道路側に大きな記念碑が建っており、「天領陣屋跡」と刻してある。この付近は、陣屋の地名とともに、郷宿(ごうしゅく)の面影が残っている。

世羅郡世羅町

世羅は大化の改新の際に、この地域の「郷」などを集めて世羅郡が設けられた。甲山を中心とする世羅郡の東部の桑原・大田郷には平安時代に荘園が起こり、備後の中央に位置する「大田庄」として統治された。この荘園は地方豪族橘氏から平家に寄進され、平氏は絶大な権力を持つ後白河法皇を荘園領主とあおぎ平重衡の預所となっていた。

平家滅亡後、法皇は紀州高野山にこの壮園を寄進したため、高野山領大田庄となった。この地域は、「今高野山龍華寺（いまこうやさんりゅうげじ）」を中心に繁栄した。

戦国時代を経て、安土桃山時代には四十三の村が設けられたが、明治二十二年の市町村制施行に伴い十二の村となった。

その後、昭和の大合併の際、世羅郡に甲山町・世羅町・世羅西町の三町が誕生し、さらに平成十六年（二〇〇四）世羅郡世羅町（初代）・甲山（こうざん）町・世羅西町が合併し新たに世羅町（二代）になった。

今高野山龍華寺の太鼓橋

今高野山龍華寺の本殿

今高野山龍華寺（世羅郡世羅町甲山）

平氏が滅亡すると後白河法王から高野山の金剛峯寺（こんごうぶじ）に寄進され、高野山を本家職としてその経済をになう重要な荘園であった。

その荘園経営をつかさどる政所寺院として建立されたのが、龍華寺及び金剛寺を中心とする今高野山で、荘園の統治官僚施設でもあった。山号の今高野山の「今」には新しいという意味があり、本山と同じ「高野山」と名が付くことから、重要視されていたことがうかがえる。

現在は龍華寺、福智院、安楽院、丹生神社を残すのみであるが、当時は七堂十二院を配する大寺院であった。

何度か火災に会い、幾度か再建されたが、本尊の木造十一面観音立像（国指定重要文化財）二躯をはじめ、数多くの文化財は火災を逃れ、現在に伝えられている。

今高野山総門は、四脚門（しきゃくもん）、切妻造（きりづまづくり）、桟瓦葺（さんがわらぶき）の室町時代の建築で、県の重要文化財である。

芭蕉句碑

父母の頻にこひし雉子乃声　　　はせを　　　【寛政～文化の頃、甲山連建立】

【句意】

「諺（ことわざ）に、『焼野の雉子（きぎす）』というとおり、雉は子を思うこと切なる鳥と言われている。霊場高野山で、その声を聴くと、ひとしお亡き父母がしのばれる」。

高野山参詣の院の静かな杉木立の中、お互いに呼び合う雌雄の雉の声を聞いた芭蕉は父母の姿をしのんだと思われる。貞享四年（一六八七）、郷里の三重県伊賀上野市で父親の三十三回忌法要をした翌年の元禄元年春先、「吉野より葛城山の南麓を経て、高野山に至る」の前書きの後の句である。

高野山の芭蕉の句碑（和歌山県）

甲山の芭蕉句碑は、芭蕉がこの句を詠んだ高野山に建立されている句碑にちなんで、「今高野山」にも建立したものと思える。

本家の方は、江戸時代の有名な画家、池大雅（いけのたいが）の筆による句碑で、高野山の奥の院の参道のちょうど中ほどにあった。

今高野山龍華寺の絮風の句碑

　甲山の句碑の右前には、絮風（じょふう）の句碑が建っている。これは平成八年十一月絮風の孫の正田弘氏が建立したものである。碑文は「今高野山に詣で、まず境内の芭蕉塚に杖を留め、其碑文を打詠めれば……」とあり、「枯れた野を枯れぬは石や師が栞り」の句が刻してある。甲山の正田家は、幕末から明治にかけて俳人を輩出し、多くの資料が存存する。絮風こと正田四朗も正田家の人で、明治四十二年六〇歳で歿している。

　甲山の俳諧は、寛政期になって盛んになったようである。近在に、上下町の矢野風葉や田総の越智古聲がいたことの影響があったことが想像される。甲山俳諧連は蝶夢門流の俳諧が主流であった。

【現地探訪】

　山陽自動車を三原久井ＩＣで降り、世羅町に向かうと、三〇分足らずで郡今高野山龍華寺の鳥居が目に付き、観光客用駐車場に車を止めた。

そこから参道の下段に出た。石段がずっと上まで続いており、百二十段あるそうである。

南側の山麓にある総門を入ると、参道の両側に十二の子院の遺構がある。そこに安楽院と山門、鎮守粟島神社の小鳥居、福知院の本堂が残る。参道を登り終ったところに、風情がある朱塗りの太鼓橋が池に架かっており、これを渡ると、正面に高野(こうや)と丹生(にゅう)の両明神が鎮座している。いずれも高野山の神である。

ここから右手の石段を登ったところに古い観音堂と御影堂の社殿が並び建ち、両建物は渡り廊下で繋がれている。寺域の落ち着いた佇まいは、中世の繁栄を伝えている。

これらの社殿に参拝する奥の方の階段を登ったところに、芭蕉の句碑があった。句碑の文字は何とか読めたが、句碑の裏には何も刻してなく、建立年代や建立者は不明である。大田歴史館の「甲山の俳諧」によれば、建立年代は寛政から文化頃の建立という。

この地は、紅葉の季節には、参道や寺の建物と紅葉の織り成す景観がすばらしいそうである。

第五章　北前船航路に沿って

瀬戸内海の近世海運は、日本海側各藩の大阪市場への年貢米回漕(かいそう)をきっかけに発達した。

江戸時代初期までは、北国からの船は敦賀か小浜で積荷を陸揚げして、琵琶湖経由で京・大阪に運んでいた。しかし、積み替えのたびに積荷が減損し、駄馬による陸送区間も長いので、下関を回って大阪へ直送する西廻り航路の開発が早くから計画されたが、航路の策定だけではなく、港湾設備の充実も必要だった。

西廻り航路が幕府公認の航路となったのは一六七〇年代の寛文年間に、江戸商人川村瑞賢(ずいけん)による海運刷新の方策が実行に移されてからである。瑞賢は陸奥の御料米を「西廻り航路」によって大阪に運び、さらに紀州・伊勢・伊豆を通って江戸への回漕に成功した。

「北前船」は、日本海側で造られていた帆船の「弁財船（べざいせん）」をモデルにして、さらに大型化した二百石〜五百石積の船で、一本マストに横帆一枚であった。帆走性能にすぐれたこの大きな商船は「千石船」と通称された。

この北前船によって、海岸沿いの「地乗り」から、瀬戸内海の真ん中を突っ走る「沖乗り」への航路変更が試みられた。沖乗り航路を突っ走る大型帆船が増えてくると、芸予諸島の島々に風待ち・潮待ちの港が必要になってきた。

福山市鞆の浦

鞆の沖合で、東は紀伊水道、西は豊後水道から勢いよく流れこんできた潮流がぶつかり合い、約六時間おきに潮流が転流する。この転流時に、潮行きが緩やかになって、ほとんど流れなくなる。このような潮が止まったとき船を漕いでも進まないので、潮の流れが動き始めるのを待った。

そこで、水や食料の調達も兼ねて「風待ち、潮待ち」の港として、鞆の浦は万葉集にも詠まれているように古代より独自の地位を築いていた。

平安時代初期には最澄により静観寺、空海により医王寺が創建されるなどそれぞれの西日本の布教拠点となった。江戸時代までに狭い町並みに寺や神社大小あわせ数十社も建ち並んでおり、その繁栄ぶりがうかがえる。

中世には一帯は渡辺氏の支配下にあったが、戦国時代には毛利氏によって鞆中心部の丘陵に「鞆要害」が築かれるなど備後国の拠点の一つとなっていた。

江戸時代になると備後国を領有した福島正則によって鞆要害を中心に市街地を取り囲む大規模な城郭「鞆城」の築城が始まるが、巨大な城郭のため徳川家康の嫌疑がかかり廃城とされ、福島氏の移封後は鞆奉行所が置かれた。

江戸時代後期には航海技術が発達し「地乗り」から「沖乗り」が主流になったことにより鞆の浦で潮待ちをする必要性は薄れていったことなどから、備後地方の港湾拠点は尾道に移っていった。それでも、福山藩領内では最大の港として城下町の福山に次いでの規模を持つ町であった。

円福寺（福山市鞆町鞆一〇）

寺の説明板の縁起によれば、康永元年（一三四二）四国伊予を拠点とする南朝方と備後一帯に勢力を持つ北朝足利方が瀬戸内海中央部の海域燧灘（ひうちなだ）で合戦となり、この大可島（たいがしま）城にこもる南朝方は全滅した。その後、戦国時代村上水軍の一族は大可島城を

円福寺社殿

円福寺からの絶景

拠点に、海上交通の要所である鞆の浦一帯の海上権をにぎっていた。この島からは、紀伊水道と豊後水道からの潮流が一目で判り、水軍根拠地に絶好の地であった。

慶長年間（一六〇〇年頃）鞆城を築いたとき陸続きとなり、慶長十五年（一六一〇）に沼名前（ぬなくま）神社の南に位置していた釈迦堂が大可島の跡地に移転し、建造されたと伝えられる。現在ある真言宗の南林山釈迦院円福寺は、この年代に建てられたものである。江戸時代は真言宗明王院の末寺となっていた。朝鮮通信使が来日した際には上官が宿泊した。

眺望抜群のこの地では、江戸時代より句会が盛んに開かれたという。

芭蕉句碑

疑ふなうし保のはなも浦の春　【文政十年（一八二七）、松谷・一風建立、鼎左筆】

【句意】

句の前書きに「二見の図を拝み侍（はべ）りて」とあり、元禄二年（一六八九）伊勢の絵を見て詠んだ画賛である。

「この二見が浦では、夫婦岩に砕け散る波の花までも、めでたい新春を寿いでいる。この神鏡の尊さを、ゆめゆめ疑うまいぞ」、というほどの句意である。

碑の裏面には、文政十年（一八二七）秋再営とあり、安永六年（一七七七）に建てられた句碑が、松谷、一風などにより再建されたものである。碑文は備後の俳諧の指導者、花屋庵鼎左（はなやあんていさ）の筆である。

鼎左は藤井氏で明治二年六八歳で歿した福山藩士藤井氏の子である。文政四年頃より大阪に移住し、菅沼氏こと花屋庵奇淵（はなやあんきえん）に俳諧を学び、花屋庵を号した。ちなみに、花屋庵とは、芭蕉終焉の地花屋仁左衛門方離屋敷の跡地に、奇淵が庵を建てたことによる。

鼎左は大阪に在って広陵俳界とは常に接触しており、しばしば来広している。山陽道四日市（現・東広島市内）や上瀬野村のにも杖を止めて俳諧の興行を行っている。多賀庵系の句冊に多く入集しているが、篤老園との交流も見受けられる。

【現地探訪】

山陽自動車道の福山東ＩＣを降り、国道一八二号線を南下し芦田川に架かる新しい立派な芦田大橋を渡ると、県道二二号線に入り約二〇分で鞆町鞆の円福寺付近に着い

た。

家屋の間の道路を上に上がっていくと石垣のところに「夾明楼」と書かれた案内石柱が建っている。この名前は、頼山陽の伯父の頼杏坪がここからの美しい景色を称賛して名付けたものであるという。

石段を登っていくと、低い山の上の開けた台地が現れてきた。そこに上がる階段の横に大きな「円福寺」の石柱が建っていた。そこの広い階段を上がると、台形の山上の正面に本堂が建っていた。本堂の柱に「真言宗圓福寺」の文字が見えた。左手の倉庫らしき建物の横に大きな石碑が建っている。

大可島の円福寺の遠景

この句碑は「疑なうし保のはなも潮の春」の文字が読み取れ、保存状態が良好である。

寺の本堂の後ろや、横の墓地から見下ろす、瀬戸内の群青の海の色、島々の景色はまさに絶景であった。

尾道市生口島

生口の名の由来には諸説ある。「神の島」伝承はこの周辺の島々にはいくつもあり、神にけがれを清めて仕える「斎く」や「斎」が転訛して生口になったとされている。

平安時代、生口島は「生口荘」とよばれた荘園であった。南北朝時代、この地は伊予国を中心とした南朝勢の拠点の一つであったが、高山城（現三原市）に居を構える北朝の小早川氏が伊予へ攻め入り、小早川方が勝利し、以降この地は小早川氏の領地となった。小早川惟平がこの地に拠点を移し生口姓を名乗り（生口惟平）、以降この地は生口氏が支配することになった。

一四世紀半ば以降、瀬戸田は生口氏の保護のもと交易港として発展し、生口小早川水軍の拠点となり、島の中心地となっていった。海運業者にとっては、商売に生口氏の保護と特権が与えられ、双方とも結びつくことで利益を生んだ。

江戸時代、この島は広島藩領となった。寛文年間に、日本海から瀬戸内海を廻り大阪そして江戸に至る海運航路（西廻り）が確立し、北前船など廻船が寄港するようになり、瀬戸田は交易港として大きく発展した。そして山陽と四国を結ぶ中継港としても、小型廻船が寄港する港となっていった。

江戸時代に開発された塩田は島の北側に集中し、幕末まで塩が作られていた。西廻り海運により塩の取引量は上がり、「浜旦那」と呼ばれた塩田地主兼商人が増えていき、藩内においては文政八年（一八二五）時点では竹原に次いで二番目の生産量を誇った。この地域の交易港としては尾道に次ぐ規模となっていった。

向上寺の三重塔への階段

向上寺（尾道市瀬戸田町瀬戸田五七）

生口氏は海運業者との関係をより密接なものとするため、瀬戸田の寺社に寄進した。いくつかの瀬戸田港周辺の寺社はこの時代に生口氏や商人らの寄進により創建あるいは中興している。

曹洞宗向上寺は、応永十年（一四〇三）に生口島地頭生口惟平の頃にその前身向上庵として建てられた。応永二十一年（一四一四）の頃には、生口守平による寄進で瀬戸田水道を見下ろす潮音山に仏通寺の末寺として独立した。開基は臨済宗仏通寺派開山愚中周及禅師である。

聖観世音菩薩を本尊とし、古来災害鎮圧と興隆繁栄の祈願寺として崇敬された。伽藍は明治六年に焼失、昭和三十二年に解体修理を受けたが、用材の大部分を三原近在の寺院解体による古材で再建したもので、建築史上貴重なものだそうである。大正二年に国宝指定を受け、昭和三十三年改めて国宝指定となった。

向上寺の三重塔

この寺の国宝三重塔は、生口信元(しんげん)・信昌(しんしょう)を檀那として永享四年（一四三二）に建てられた。和様を基調とし唐様を取り入れた朱塗りの三間三重塔婆で藤原朝臣の作とされている。

芭蕉句碑

あか〳〵と日は難面(つれなく)も秋のかぜ

【建立年代不詳、建立者不詳】

【句意】

この句は元禄二年（一六八九）、奥の細道の旅で日本海側を越後からの長途ついに金沢に入る時の途中吟である。

金沢の源意庵での納涼句会で発表したものである。句の前書きに「旅愁慰めかねて、物憂き秋もやや至りぬれば、さすがに目に見えぬ風の訪れもいとど悲しげなるに、残暑なおやまざりければ」とある。

すなわち、「強い日射しが容赦なく照り付け、残暑はなお厳しい中にも、寂しい秋風の気配が漂い始めて、長旅の旅愁をいっそうつのらせる」との句意である。

金沢は俳諧が盛んな地で、この地で芭蕉は将来を嘱望されていた俳人小杉一笑と会うことを楽しみにしていたが、前年三六歳の若さで亡くなったことを知り、菩提寺である願念寺での追悼句会で、「塚も動け我泣声は秋の風」の句を手向けた。

この句の本家の句碑は金沢の兼六園内にある山崎山の登り口にあり、弘化三年（一八四六）に後藤雪袋が建立したものを訪れたことがある。そちらの句碑は苔むしていた。

芭蕉句碑は、この寺の国宝三重塔の右山側に巨石がいくつか重ねられているうちの一つの上向きの石に刻してある。円形の鏡塚である。

石碑は一七〇×一二〇センチメートル程度で、句面は直径九〇センチメートルあり、芭蕉の数ある句碑の中でも大きなものである。年代は不詳であるが、この石を起こして立てれば、裏側に建立者や年代が書いてあるかもしれない。

【現地探訪】

尾道市街から国道二号線に出て、西瀬戸尾道ICから高速道に乗り新尾道大橋を経てしまなみ海道に入り、向島、因島を経て生口大橋を渡ると、生口島に辿りついた。生口島北ICで降り島の北側沿いの道路を行けば、瀬戸田町である。

この町は平山郁夫美術館があり、そこを過ぎ小高い山道を登ると、向上寺の案内板がある。道路から分かれて、離合できない狭い傾斜道を車で登ると、頂上近くに小さっぱりした寺が向上寺であった。尾道市内から一時間たらずの道のりであった。寺の奥に、町の大人や子供たちの集会場にもなっているらしい建物と、寺の住職家族の住居が棟続きで建っていた。

この寺の国宝三重塔は、寺のそばの険しい階段を少し登った山頂にあった。階段の両側はちょうど躑躅(つつじ)が咲き誇り風情を醸し出している。その先の赤い門をくぐれば、三重塔である。この塔は和様・唐様の折衷で朱色鮮やかな外観が緑の樹木に映えて印象的であった。

竹原市忠海町

三原市街と竹原市街のちょうど中間に位置する忠海は、古い歴史を持つ、瀬戸内海航路における重要な港町の一つであった。

忠海という地名は、鎌倉時代に平清盛の父の忠盛がこの沖合で海賊を討伐した功績により、陸地部分を忠海、沖合に浮かぶ島を盛村として拝領したことに由来するという。

以後忠海は、港町として町場が形成され、瀬戸内海における海運業により多くの豪商を輩出した。町には酒造業をはじめ・塩商・味噌醤油商や木綿、煙草などの商家が軒を連ねたという。

江戸時代には三次藩・広島藩の外港として御蔵や炭蔵などが置かれ、藩主の船乗場も整備され、藩主導の殖産や保護政策が行われ港は繁栄した。

床浦神社社殿

床浦神社社殿から海を臨む

床浦神社傍（忠海町床浦一丁目）

床浦神社は別名、海上大明神、宮床大明神と呼ばれ、少彦名命・住江三神を祀ってある。古くは竹原市の鎮海山城（城山山頂）にあったが、毛利氏小早川水軍の将浦（乃美）宗勝が賀儀城（かぎじょう）築城の際に、城そばの現在の床浦に遷座した。その後社殿を造営した。

床浦神社は、疱瘡（天然痘）除けの神として篤く信仰され、天平年間に天然痘が全国に大流行した際、宮床の神に祈願したところ、疱瘡が完治したと伝わり、以来忠海だけではなく遠く四国からも信仰され、伊予松山松平氏より常夜燈の寄進を受けたりしたという。

神社の拝殿の後ろはウバメガシが何本も聳えており、広島県指定の天然記念物「ウバメガシ樹叢」として保存されている。

芭蕉句碑

このあたり目にみゆるもの皆涼し　　【江戸時代建立か、建立者不詳】

【句意】

「この水楼からの眺望は、野も山も森も村々も遠山も、目に見えるものすべてが涼気に満ちている」。

元禄元年（一六八八）に「笈の小文」の旅から江戸に帰る途次、岐阜の商人で俳人の賀島鷗歩の家に招待された時の句である。この句の前に「十八楼の記」という、長良川のほとりのこの家の水楼（水際の高殿）からの眺望を称賛する長い文章がある。

社殿に向かって左隣に二階建ての空き民家がある。その家の海側の庭にいくつかの石が置いてあり、それらの石よりも明らかに古い少し茶色がかった石が建っている。石の表面は「このあたり目にみゆるもの」まで何とか読める。石の状態から、江戸期のものと考えられる。

このようなものが個人の家に当時建立されることはほとんどなく、俳諧連中が神社内に寄贈するのが普通である。

後日、竹原市教育委員会に問い合わせたところ、この空き家の主は神社の神主ではないとのことであった。またこの土地がかつて社領あったかどうか不明であり、文政二年（一八一九）成立の「豊田郡忠海村国郡志編集御下しらへ書出帳」にこの句碑は記載されていないそうである。

【現地探訪】

ＪＲ忠海駅前の瀬戸内海海岸沿いの国道一八五号線から目的の床浦神社に行くには、駅から国道を西に少し行った先で左の道路に降りる。その車一台通る道のすぐ先に、石でできた大きな鳥居に突き当たる。車ぎりぎりの民家の間の道を進むと、海岸に出て、右手に大きな神社の社が建っている。

社殿前の広場には砂浜に面して鳥居が建っており、白浜の向こうは美しい島々の浮かぶ瀬戸内海である。この神社元来海から、船中で拝むように建築されているのがよくわかった。

竹原市本町

平安時代後期、京の都の賀茂神社に、安芸郡竹原荘（たけはらのしょう）（現在の東町周辺）が寄進された。これが「竹原」地名の初見である。現在竹原市の中央部を流れている賀茂川の名前は、荘園主の賀茂神社にちなんでいるという。

鎌倉時代になると、土肥茂平がこの地方の地頭となり、その子政景にこの地を分与した。政景は木村城（新庄町）を拠点として竹原小早川家を創設した。

室町時代には当時の賀茂川河口部にあたる中通（なかどおり）（下野町）付近の馬橋古市が荘園の市場で、年貢積出港であった。

室町時代も末期になると、賀茂川の土砂堆積によるデルタ形成で、下流の下市村（竹原町）が、外港市場の役割を代わることとなった。毛利氏の台頭に伴い、小早川家は毛利氏の支配下に入った。

江戸時代の下市村は、賀茂郡の郡元で、代官屋敷その他の施設が設けられた。寺山の麓に町屋敷が並び、諸職人や商人が居住していた。

江戸時代初期には、藩の新田開発が盛んになり、賀茂川の下流に古新開、大新開などが開発された。同時に大新開の賀茂川とは別に本川が作られた。これにより良好な港を得ることができ、下市村は郡の中心地と同時に貢租米の積出港となった。

ところで、大新開は田畑にする目的で作られたが、潮気が強く耕作地としては使用できなかったため、郡代官は播州赤穂の技術者を招いて、入浜式塩田を慶安三年（一六五〇）に完成した。塩田が利潤をあげたため、下市の豪商や領内の商人が塩浜経営に乗り出した。竹原は塩の積出港としても、廻船業や問屋業が栄える町となった。

瀬戸内海各地で塩田業が盛んになると、塩の価格が下落し、一八世紀以降には、製塩従事者の小作人化と大地主経営による大規模が進み、下市村では町人の階層化が進んだ。成功した大商人は富裕層を形成し、大規模な屋敷を構え、現在見られる重厚な町並みを形成していった。

昭和三十五年（一九六〇）に塩田は全面廃止となったが、その後は竹原駅を中心に市街が塩田跡地に広がったため、竹原の発祥地である、下市村の本町通りの上市、下市地区は昔の町並みをそのまま残すこととなった。

その町並みは昭和五十七年（一九八二）国の「重要伝統的建造物群保存地区」に選定された。現在の本町通りに面した本町一丁目、三丁目、四丁目の一部の地区が、「町並み保存地区」と呼ばれている地域である。

西方寺・普明閣

西方寺・普明閣（竹原市本町三丁目）

竹原市観光協会によれば、この寺は元は田中町にあった禅寺で、慶長年間にこの地の禅寺の妙法寺が焼失した。その後この地へ移り浄土宗に改宗した。

境内前面には、城郭を思わせるような壮大な石垣があり、錚々たる寺観を呈している。入母屋造、一重、平入、本瓦葺の簡単な構造で、江戸中期のこの地方の仏堂の典型的形式である。

西方寺本堂横の高台に位置する普明閣は、宝暦八年（一七五八）の建築である。西方寺の地に上記妙法寺があった頃の本尊である木造十一面観音立像を祀っている。方三間宝形造、本瓦葺の二重屋根、舞台作りとなっており、京都の清水寺を模して建立されたという。

この楼閣は、町のどこからでも望むことができ、竹原市の景観の中心となる建築である。普明閣に登れば、竹原の町を一望することができる。

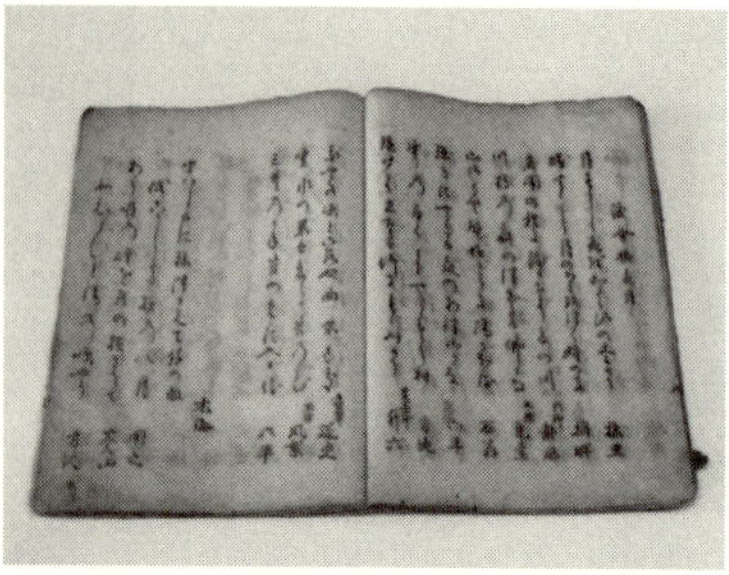

俳諧集「桜麻」

芭蕉塚

麻刈墳

【文政十年（一八二七）、朝暉（ちょうき）ら竹原俳諧連中建立】

建立者の朝暉は塩田の浜主の中村屋祐三郎のこと

で、彼の発意で、俳諧連中によって文政十年（一八二七）に「桜麻（さくらあさ）」という俳諧集が発刊された。これは竹原市歴史民俗資料館に展示してある。

「桜麻」が発刊された背景には、竹原で俳諧が盛んであったこと、浜主を中心とする町人たちが、本を発刊するほど文化的に成熟していたことが挙げられる。

その発刊の経緯について、序文では、「ばせを翁黄泉の後は、書き残したまふ言の葉をもてほとんど其墳をしつらふ、しかあるに此里に其さたなし（芭蕉翁亡き後は、翁が詠んで書き残された句などを掲げた塚などがほとんどのところにあるが、この地竹原にはない）」と嘆き、西方寺の境内に「麻刈」と名付けた石塚を建立し、この俳諧集を発刊したと記している。

この桜麻の名前については、朝暉は、「其のこころはせを（芭蕉）の直きことは麻の茎の直なるににたれは、其をしへ子も又よくすなほにてこれかおしへをうく」と記している。子というのは朝暉の連衆たちのことであろう。

ちなみに、俳諧集の名前の「桜麻」は麻の一種で、花の色から、あるいは種子をまく時期から付けられた名前という。芭蕉に「畑打つ音や嵐の桜麻」の句がある。

この序はさらに、「紅葉のかつちる頃は普明閣にのほり、月上にむかしをしたふ折から爰（ここ）に翁の塚を造営」と普明閣のことを記している。

この竹原俳諧は最初各務支考の指導を受けたようである。元禄十一年（一六九八）、支考は筑紫行脚の途中で三日間に竹原に寄っている。さらに宝永二年（一七〇五）にも、竹原を訪れている。

元文期になると、竹原にも野坡流が浸透してきたようである。その後竹原俳壇は成長し、文政年間にはくだんの「桜麻」が発刊されるまでになった。

竹原市「町並み保存地区」

【現地探訪】

「安芸の小京都」といわれる竹原の町並み保存地区では、昔の狭い石畳風の舗装道路を多くの観光客が歩いていた。武士の城下町とは異なり、塩田商人と酒造業の町並みである。

道路沿いの西方寺の駐車場に駐車し、山側に続いている長い石段を登ると西方寺である。寺の門を入ってすぐ左に枝垂れ桜が咲きかかっていた。

寺の右手の階段を登ると海側すなわち竹原市内を見下ろすように、高い床柱の上に普明閣が建っている。

その建物に向かって右の寺庫に続く廊下の下の棚面に正面が碧く苔むした碑が建っていた。碑面には「麻刈墳」と刻してあった。

西方寺の参道を下りた道路のほぼ向かいに、吉井家がある。ちなみに、前述の支考の筑紫への旅の「梟日記」では、竹原に来て、一雨亭に泊まり、翌日梅睡亭（吉井家）を訪れている。

先述のように、一雨とは本庄貞宗のことで、塩浜仲間役を務めた浜主である。また、梅睡は竹原の豪商吉井家の四代正盛のことで、一雨の俳諧仲間であったようだ。支考の日記には、両家とも「汐濱」の中にあったと記してあるので、両名とも塩田商人であることがわかる。

吉井家の屋敷は広島藩の本陣としても使われた製塩業や酒造業を営んだ豪商の家で、竹原の町並みで現存する最古の商家建築である。多くの貴重な古文書を収蔵しているという。

呉市大崎下島御手洗

既述のように潮流の速い瀬戸内海では帆船での航行には条件が厳しく、沖合いの島で「潮待ち・風待ち」をする必要があった。大崎下島の東端に位置する御手洗では、近世中期には御手洗港が建設され、その後大型の北国廻船「北前船」の発達につれて、繁栄した。

江戸時代は大阪に次ぐ米商人の町として栄え、米相場は御手洗相場で決まるといわれたという。また参勤交代の時のために十の藩の御船宿もあった。

近世後期には、問屋・茶屋・芝居小屋なども整い、港の遊女の「おちょろ船」は御手洗名物となった。

現在も江戸後期から昭和初期の建物が数多く残ることから平成六年（一九九四）に国の「重要伝統的建造物群保存地区」として選定された。

満舟寺の入り口の石垣

満舟寺（呉市豊町御手洗）

御手洗の町並み保存地区内にある真言宗に属する寺院で、呉市の有形文化財に指定されている。平清盛が、安芸守だった頃、船で上洛中に海で嵐にあって、船が転覆しそうなとき、大悲観音の大慈を頼んだところ、たちまち天気が回復したという。そのため、清盛は、御恩を感じ、一七一六年にこの地に草庵を建て、行基の十一面観世音を安置したと伝えられる。巨大な石垣の由来については、四国攻略の際に前線基地として豊臣秀吉の命により、加藤清正によって築かれたとの伝承がある。

誰彼塚(たそがれづか)

海くれて鴨の声ほのかに白し　　蕉翁　【寛政五年（一七九三）百回忌、社中建立】

【句意】

「暮れてゆく海に、薄明の彼方に鳴く鴨の声が、どこか仄(ほの)白い感触を孕(はら)んで聞こえてくる」との意である。

「野ざらし紀行」で貞享元年名古屋の熱田での四吟歌仙で詠んだ発句である。

寺の石垣に囲まれた狭い石段を登っていくと、南潮山満舟寺の縁起の説明看板があり、さらに階段を上がると、すぐ右に緑の紅葉の葉に隠れて、誰彼塚があった。他の句碑と比較して非常に整備がゆきとどいている句碑である。句碑正面に「誰彼

塚　海久礼亭鴨能声本のか耳白し」の字が何とか読み取れる。
塚の側面に「芭蕉翁當一百回忌之日社中謹建焉」とあり、反対側には「寛政五年十月十二日」の字も読み取れた。

県内の多くの他の句碑と同じように、芭蕉没後百年を記念したものである。この句碑は当地の栗田樗堂門下の俳人社中の芦舟、竹子（庄屋多田惣平公林）、其桃（大原屋田坂義勝）、鳳州、西坡（石見屋清右衛門）などにより建立された。

栗田樗堂の墓

満舟寺の樗堂墓

御手洗は樗堂の終焉の地で、この寺には樗堂の墓もある。本堂横に小さな墓地があり、その中に烏帽子のような形の高い墓石に「樗堂」と読める墓碑がある。

樗堂は松山きっての造り酒屋に生まれ町方大年寄であったが五二歳の時これを辞し、寛政十二年（一八〇〇）松山城の西の地に、庚申庵を建て、風雅の生活を楽しみ、『庚申庵記』を書いた。

寛政元年（一七八九）妻の歿後、安芸三原藩の宇都宮氏より後妻を迎えた縁で、安芸国御手洗島へ移り、「一畳は浮世の欲や二畳庵」とここに二畳庵をいとなんで「盥江老漁」と自ら称し、歿するまでの約一〇年間、ほとんどこの地に過し、俳諧風雅の生活に身をゆだねた。御手洗は蕉風俳諧を受け継ぐ俳人も多く、海上の要衝なので文化人も多く立ち寄り、全国から訪ねてくる俳人達とも交流を楽しんだようである。

樗堂は天明期俳壇の中心人物であった京都の加藤暁台に師事し、天明町の正統派俳人であった。小林一茶とは親交が深く、樗堂の死を知った一茶は、「さながらあの世にさそわるように、そぞろうしろさむく、『此次は我身の上か鳴く烏』。大事の人を亡くしたれば。此末つづる心もくじけて、直ちに信濃に帰りぬ」（「三韓人」）と書き残している。

【現地探訪】

呉市川尻町から広島県道七四号線下蒲刈川尻線に入り、大崎下島に向かう。まず安芸灘大橋から下浦刈島に渡り、すぐ左に曲がり、次の上蒲刈島を目指す。この島は細長くて、二〇分位海岸沿いの道を走った。ようやく次の橋に来た、豊島である、この島は小さくすぐ大崎下島への橋に着いた。この島は大きくて目的地の御手洗港まで、二〇分位かかった。この島は広島県人なら誰でも知っている大長ミカンの産地である。川尻町も大崎下島も以前は豊田郡であったのを、市町村合併で呉市になった。

島の東端の港に、「ようこそ御手洗へ」、「重要伝統的建造物群保存地区」の塔が建ててあった。江戸時代風の建物が散見され、海辺に近年建て替えたらしい、江戸時代風の石造りの灯台が二基建っている。住吉神社が海辺に見え、その先の駐車場で車を降りて、そこからは歩いて旧町並みを寺に向かった。

呉市川尻町

野呂山の南山麓に位置し瀬戸内海に面した地域である。当地は石が多く、河水が地下を通じて海に出るので、元来、川代（かわじろ）と呼ばれていたが、これが転訛して川尻になったといわれている。

同町では、寛文年間に琉球芋の栽培を始め、牡蠣養殖が盛んになった。天明期には酒造業が始まり、下って文政年間に野呂山の開拓が着手された。名産の筆の制作は天保六年（一八三五）に始まった。

薫風塚のある川尻町久筋

句碑傍の久筋公会堂

薫風塚（呉市川尻町久筋）

松杉をほめてや風の薫る音　【寛政十一年（一七九九）、金竟（きんきょう）　東舛（とうせん）建立】

【句意】

「小倉の山院」の前書きがあり、京都嵯峨小倉山の麓の常寂光寺での句。ここは藤原定家の小倉山荘の跡と伝えられ、境内の老松は定家が歌に詠んだ「時雨の松」といわれて有名であった。

「小倉山に年経た松と杉を褒（ほ）めそやすつもりか、薫風が梢をわたって涼しげな音を立てている」。

元禄七年（一六九四）、京の向井去来の別荘落柿舎に滞在中の句である。

この塚は、他の多くの塚と同じように芭蕉没後百回忌を記念して建立されたものである。坂道のこの場所になぜ建立されたかは定かでないが、昔ここは地蔵堂であったらしく、平地の少ない部落の中心地であったのだろう。

建立者の金竟は川尻俳諧の始祖である神官梶山相模守で、俳号を清陽館金竟と号した。寛政年間、五升庵蝶夢の「新類題発句集」や東吹（とうすい）の「春のはつ風」、「十二庵東吹翁追悼の吟」に金竟、東舛の句がみえ、また、御手洗の俳人や文人たちとの交流も深かったようである。文化八年に七五歳で歿した。著書に筑紫行「月日貝」がある。

東舛は川尻の白石屋幸四郎信義で俳号を呉竹庵雨洗と名乗った。雨洗追悼句集として文政五年（一八二二）、飯田篤老序、梧由編による「時雨草」がある。浦辺筋黒瀬郷をはじめ広域にわたりその影響をあたえ川尻俳諧の全盛期を築いた。文化十二年に五五歳で歿した。

彼ら二人の師であった東吹（とうすい）というのは、野坡の孫弟子で、広島の小島屋伊左衛門とのことで、十二庵と号した。東吹は阿賀・黒瀬方面に多くの門弟を持っていたので、金竟と東舛はこの中に入っていたのであろう。

【現地探訪】

川尻は以前豊田郡川尻であったので呉市街からは離れている。国道一八五号線で広、仁方を過ぎようやく川尻に着いた。

ここは野呂山の裾野に開けた農村地帯のようで、国道から山側に曲がって行き、農家の老人に、薫風塚のこと尋ねると、今来た道を戻ってたんぼ道に入り込むと、村道があり、そこの先の四辻にあるというが、どのたんぼ道かわからず、国道まで降りてきてしまった。

国道沿いのコンビニに行き、位置を確かめて、もう一度もとの坂道を少し登って曲がりくねった農道を二〇〇メートル位登っていくと、左手に古い半分朽ちかけたような、小さな「久筋公会堂」の看板がある建物に出合った。

この公会堂の駐車場に車を置き、道を数一〇メートル進むと、正面に「川尻町指定史跡　薫風塚一基」の説明看板が立っており、右隣に薫風塚が建っていた。

句碑の正面の句文ほとんど消滅し、碑の下部の「芭蕉翁」だけ何とか読める。側面の「薫風塚」の字は現在もはっきり読める。この地はかつて地蔵堂がありその境内であったようだ。また右側面には「發起人　金竟　東舛」と建立者の銘が読めた。

江戸時代には、この山裾の集落が川尻の中心地であったのであろうかと推察した。

呉市仁方

元和元年（一六二〇）の大洪水によって、大松尾山の山麓の土砂流による「新潟」を生じ、それにより「新田（にいた）」ができた。文政九年の「芸備通志」には、「仁方（にがた）村、昔は新潟村、また新田村、仁賀田などとも書きしが、寛永年中より仁方と改書しといへり、本は新潟の義なるべし」とある。

同通志によると、「竹原浜に　七二戸、仁方村に一二戸あり、竹原に製するところ、一歳凡十八万四千八十苞、仁方に所製一歳二万三千四百苞」とあり、当時竹原には及ばないが製塩業が盛んであったようだ。

仁方の塩浜は、「仁方郷土志」では、「元禄二（一六九〇）東高屋村　木原作衛門によってはじまり当村の製塩業の始祖である」と書いてある。

この木原家は、東広島市高屋町に白山城を築いた平賀弘保尾張守に始まる高屋東の木原城主木原美濃守保成の子孫で、江戸時代初期に白市に移住し、以後「木原三家」にわかれ代々商人として繁栄した。木原家は製塩、酒造、両替などの商いをし、ことに製塩業は元禄年間に仁方村へ二十一町歩に及ぶ塩田開発を行った。

木原家は神社・仏閣へもいろいろ寄進し、信心も篤かったようである。仁方にも塩田の守り神として稲荷神社を勧進した。それには「願主白市在住木原保満」とあり、木原家は白市村が本拠地であったことがわかる。

また、広島の教傳寺の風律墓のところで述べたように、白市の光政寺の南側山麓に、風律十三忌で芭蕉の百回忌でもある寛政五年（一七九三）に風律の弟子たちが、「鶯塚」を建立した。

白市の商人やその業務先の塩田の商人たちの間でも俳諧が盛んであったことがうかがえる。

柳塚（呉市仁方町中洲家）

からかさに押分け見たる柳かな　　はせを翁

【天保十四年（一八四三）芭蕉百五十回忌、仁方俳諧連中建立、桜井梅室筆】

【句意】

「芽吹き始めた青柳の糸が春雨に濡れて雫を滴らせ、玉簾のように美しい。興に駆られるまま傘を半分ほどすぼめて柳の簾をそっと押し分けてみる」。

元禄七年（一六九四）の江戸での八吟歌仙の発句で、俳諧七部集「炭俵」に掲載されている。

天保十四年（一八四三）の芭蕉二百回忌にあたり、仁方の俳人達がこの句を、先述の京都の俳人桜井梅室に執筆してもらって、新田池に建立した。当時その周りの玉垣十六基には、当村の俳人の句が一人一句ずつ刻まれていたという。

その後西町の松宮亀二邸に移され、さらに昭和四十年ごろ元の新田池の近くの中筋の中洲邸に移され保存された。かつて「堀の城」は現在の中筋を登りつめた大松尾山の山麓に位置した高台の丘城で、名勝「新田池」はその搦手（からめて）にあった。

「賀茂郡志」によれば、「古城とは山麓より二十町余の山腹にありて堀の城と号す。由来本町旱魃の憂最も多きを以て城主、灌漑を兼ねて泉水を設け新田池と号したるなり」「元和六年洪水の際丘陵崩れ河川埋りて、八百余石の高地も流亡五百三十石に及び、此の地も亦崩壊の厄に遭ひたりといふ。今僅かに城跡と小池のみ存す」と堀の城のことが記してある。

【現地探訪】

国道一八五号線を東に向かって広を抜けると二つのトンネルが口を開いている。左側が昭和十三年にできた仁方隧道のトンネルで、この隧道を抜け少し下り左に折れると、本町の通りに出た。大きな神社があり、昭和の商店街の風情を残した通りである。

車を置いて突き当たりまで行くと雑貨屋風の店があり、そこから出てくる主人に、この辺りに芭蕉塚を置いている中洲さんというお宅を尋ねると、自分が中洲であるという。ちょうど前の散髪屋から出てきた老婦人に向かって家の芭蕉塚を私が訪ねていることを伝えてくれた。この方は中洲家の人であるらしく、自分の家の方に歩いて帰る近所の別の老婦人を見つけ、自分の家に私を案内するように頼んでくれた。

そこから二〇〇メートルくらい山裾の方に向かって中洲宅に歩いて行った。少し高台の中洲邸が見えるところまで、案内してもらった。

中洲邸はお留守のようで、玄関の右横に大きな石碑があった。碑文は非常に鮮明で保存状態が良かった。

臥亀の句碑（呉市仁方本町一丁目）

看日如灸　松陰甦人
石たたむ松の梢や風かおる
【文久二年（一八六二）夏】

【句意】

「日を看れば灸の如く　松陰は人を甦らす」の漢詩の前書きがある。「石畳の峠の街道にある峠の松にたどり着いた旅人や村人は、その松の木陰に憩えば、松の梢を揺らす涼風がかおるような心地がする」との意であろう。

臥亀の句碑

芭蕉句碑（柳塚）のある仁方本町

当時仁方村と川尻村では俳諧が盛んであり、この二つの村の峠境にこの句碑が建立されていたものを、昭和四十九年（一九七四）に現在地に移設したものである。

この句の作者は、今は廃寺になっている東泉寺薬師堂九世の住職、寺本臥亀（がき）である。賀茂郡仁方村の人で本名は寺本平左衛門忠英で、明治九年八六歳で歿した。同村庄屋・手島助次忠勝の子で、寺本氏へ入家し東泉寺九世を継いだ。若い頃より文芸を愛し特に俳諧を好んだ。商才もあり、正石灰焼製御用掛りを申し付けられたりして、庄屋格にまでなっている。芭蕉塚建立にも努力した。

【現地探訪】

呉市の方から国道一八五号線を仁方に向かって仁方トンネルを抜けると、ほどなく右手に仁方小学校が見えた。国道を横切る川の橋を渡ってすぐ右折すると呉線の踏切があり、踏切を越えるとすぐ左手に石垣で囲んだ碑が三基見えた。一番手前の小さな古い石柱が目指す臥亀の句碑であった。

句碑の写真を撮っていると、踏切の警報が鳴り、呉線を黄色の電車が通過していった。かつての峠を越える苦労はなくなり、この句碑の句が過去の情景になってしまったことをしみじみと感じた。

呉市広

広町は平坦地のほとんどが昔は海で、大きな内湾になっていた。

年余にわたり黒瀬川上流からの土砂の堆積で、三角州が形成され、広の人々は河口に向かって田畑を開墾し、新開を造り続けた。文政七年の「廣村」の地図を見ると、広の地名にすべて「何々新開」と名前が付いており、広の平野が河口に造られた新開であるのがよくわかる。

「ひろ」は約六〇〇年前の文書に出ており、入り江の干潮線は辺りの山々の裾にまで達しており、ひろびろとした海湾を称したとか、潮が引いた後のひろびろとした干潟を称したといわれている。

五〇〇年前の「広村復元図」を見てみると、石内の「小滝」（白糸の滝）辺りが、黒瀬川が広湾にそそぐ河口となっている。

広村の失われた古寺である「恵現寺」は、「国郡志御用書上帳」には、「恵現寺跡、当村石内人家より西山山中にあり、石仏観音一体当時小堂を建、小滝に安置す」とあり、その遺構は小滝の上にあったようである。

恵現寺は、中世の修験道場として栄え、戦国時代最盛期であったようだ。この寺は「瀑頭山」と号し、「仏閣僧房甍（いらか）を並べ諸堂坊舎多し」（小滝観音縁起）と大きな伽藍であったらしい。

白糸の滝の行方不明の芭蕉句碑（呉市広石内三丁目）

満舟寺誰彼塚のところで述べたように、伊予松山の俳人栗田樗牛は、晩年に大崎下島御手洗に庵居した。樗牛には、白糸の滝のことと思える「広村瀑布観」の俳文があり、

つくづくと聞ば滝にも秋の風

の句がある。

文政八年（一八二五）に完成した芸藩通志は安芸国広島藩の地誌で、そこには、「白糸滝　同村、石内の里より西なる山にあり、直下十三丈。水簾なり、一に小滝といふ、大滝にむかっていふなり、傍に観音堂あり、又芭蕉が句を刻て、石を立つ」とある。またその中の、「賀茂郡広村国郡志御用書上帳」の「小滝図」には、観音堂と芭蕉句碑が描いてある。

「賀茂郡広村国郡志御用書上帳」の観音堂と芭蕉句碑

芭蕉句碑（行方不明）

ほろほろと山吹散るか滝の音

【文政以前、建立者不明】

【句意】

元禄元年の作で、句の前に「西河（にしかう）」と前書きがある。西河とは吉野川上流にある西河の滝のことで、岩間に激して奔流が流れているそうだ。「西河の滝が岩間に激して轟轟と鳴り渡り、岸辺をいろどる黄金(こがね)色の山吹の花が、風も待たずにほろほろと散る」との句意である。

この芭蕉句碑は、昭和四十九年（一九七四）発行の『芸備俳諧史の研究』（下垣内和人、赤尾昭文堂）には、観音堂の右手にある句碑の写真が載っている。さらに二〇〇四年発行の『石に刻まれた芭蕉　全国の芭蕉句碑・塚碑・文学碑・大全集』（弘中　孝、智書房）には撮影年は不明であるが、カラー写真が掲載されている。

現在芭蕉句碑は行方不明で、句碑は水害で流されたか、滝壺の前の整地された地面に埋まったものであろう。残念なことである。

【現地探訪】

呉市広石内三丁目で、国道三七五号線から左の狭い川沿いの旧道路に入り、さらに狭い道を土手に進むと、黒瀬川に架かった大きな赤い吊り橋がある。

橋を渡り、勾配の急峻な舗装道を上がっていくと、右手の石垣で造った段地に大きな「宝徳寺発祥地記念碑」が建っており、裏に「当山開祖行尊に依り慶長八年（一六〇三）建立されし恵現寺跡はこの山上二百米の処にあり　昭和四十一年云々」とあった。

「観音堂再建之碑」

白糸の滝（小滝）

渓流に沿って、さらに進むと、無人家屋が二戸あり、ここの神社の仮住まいの建物らしい。そこから少し登ると、視界が開け、滝壺と滝が現れた。滝の水量は多くなく、風で水しぶきが飛んでくる。

この滝は呉市指定文化財で、黒瀬川と合流する白糸川にかかる滝で、高さは三八メートル、幅約六メートルの垂直瀑である。滝の落口から一二メートル上流には五メートルの高さの第一滝があり、二段滝を形成している。滝壺の広さは九メートル四方だそうである。

滝壺の前は、きれいに整地され平地になっている。この下に芭蕉句が埋もれているのではないかと想像した。

観音堂も写真のかつての位置とは違

い、滝に向かって左手の高い位置に石垣を組んで再建されていた。おそらく水害を避けるためにこの位置に移したものと思える。観音堂にある石碑の蔦と苔を取り払うと、「観音堂再建之碑」の文字が読み取れた。碑の側面左側には、「昭和五十九年十一月八日　山中利寿再建」と読め、右側面は「昭和三年十月卯〇〇〇、再建者　山中先生」と読める。二回水害にあって再建したということであろう。

観音堂脇の道を上に登ると、雑木林の斜面に上からロープが下がっており、このロープに手をかけて山を登っていくと雑木林の中に滝口がある。大きな一枚岩の表面からすぐ目の前の第一滝から流れてきた渓流が、直角に落下していく。

滝口からさらに山に入っていくと、渓流沿いの場所に精緻に組んだ石垣の上が段々畑のように整地された平地となっている。建物の跡を示すようなものは残っていないが、この地が登る途中で出合った「宝徳寺発祥地記念碑」に記してあった恵現寺跡ではなかろうか。

呉市市役所に資料を添えて芭蕉句碑について何度か問い合わせたが、返事を頂けなかったことは残念であった。

参考図書

広島県の歴史について

角川日本地名大辞典　三四　広島県、竹内理三　編、一九八七年、角川書店

江戸時代人づくり風土記三四　ふるさとの人と知恵　広島、牧野　昇、会田雄次、大石慎三郎　監、一九九一年、農山漁村文化協会

広島県の歴史　岸田裕之　編、一九九九年、山川出版社

瀬戸内の民族史、沖浦和光、一九九八年、岩波書店

広島県内の各自治体発行の市町村史刊行物など

近世俳諧について

芸備俳諧史の研究、下垣内和人　編著、一九七四年、赤尾照文堂

芸備俳人短冊集影、宮尾敬三　編著、一九九〇年、呉阿賀郷土資料研究会（非売品）

石に刻まれた芭蕉　全国の芭蕉句碑・塚碑・文学碑・大全集、弘中　孝　著、二〇〇四年、智書房

芭蕉年譜大成、今　栄蔵　著、一九九四年、角川書店
新潮日本古典集成　芭蕉句集、今　栄蔵　校註、一九八二年、新潮社
備後俳諧資料集　第十一集　備後俳諧人名録、田坂英俊　編著、二〇〇六年、慶照寺（非売品）
かんこ鳥、玉井源作　編集発行、一九三〇年（非売品）
芭蕉の門人、堀切　実　著、一九九一年、岩波書店
俳文学大辞典、加藤楸邨、大谷篤蔵、井本農一　監修、尾形　仂、草間時彦、島津忠夫、大岡　信、森川　昭　編、一九九五年、角川書店

あとがき

休日を利用して、広島県内の芭蕉句碑を一年近く訪ねてまわりました。句碑を巡っている途中で、それらは江戸時代中期から後期にかけて、交通が盛んになり経済発展した西国街道と銀山街道の宿場町や北前船寄港地、さらに塩田経済などで町人が豊かになった地域の神社仏閣に句碑は建てられていることに気付きました。庶民文芸である俳諧が盛んになるためには、町人文化の発展が不可欠でした。

そして、その地に俳諧を伝えた芭蕉の弟子たちとの繋がりなどもわかり、他県出身の筆者には大きな発見でした。

私にとっては、これらの句碑を巡ることは、近世の芸備の町々の歴史を巡ることでした。幸い広島ではかつての芸備の時代の繁栄を偲ばせる町並みがいくつも残っていました。芭蕉句碑は、それらの地域に生きた庶民たちの後世へのメッセージであるとも受け取れました。句碑を巡りながら、当時の人々の生活に思いを馳せるのも楽しみでした。

芭蕉晩年の高弟各務支考（かがみしこう）によれば、芭蕉は「俳諧はなくてもありぬべし。ただ世情に和せず、人情に達せざる人は、是を無風雅第一の人といふべし」と述べたそうです。

近世の町人文化が、風雅を大切にし、これを知的教養の一端にしたことは、現代人も見習うべきところではないでしょうか。

この近世広島の庶民文化の遺産として芭蕉句碑の意義を理解していただけない地域の行政機関もあり、芭蕉句碑の所在を尋ねても市役所で全く相手にされないこともあり、残念でした。

広島観光は、点ではなく、街道沿い港沿いなどの面として展開すれば、随分違ったものになるのではないでしょうか。そのためにはまず地域の方々の歴史的理解が必要であるように思えます。ドイツのロマンチック街道観光のようになれば理想だと思います。

今回は芭蕉句碑をモチーフにして、私なりの安芸・備後の歴的理解を試みてみました。

最後に、各地の神社仏閣の方々、市役所の教育員会の方々にお教えをいただいたことと記して感謝の言葉といたします。

付記

本書の芭蕉句の解釈は、主に新潮日本古典集成　芭蕉句集（今　栄蔵　校註、一九八二年、新潮社）によった。

著者紹介

宇野　久光（うの　ひさみつ）

九州大学医学部卒業、東京医科歯科大学大学院卒業、医学博士。米国ヴァージニア大学医学部講師、宮崎大学医学部準教授、国家公務員共済組合連合会呉共済病院、日本赤十字広島看護大学教授などを経て、現在広島赤十字・原爆病院総合内科。

米国内科学会フェロー、日本内科学会認定内科医・総合内科専門医・指導医、日本血液学会専門医・指導医、日本人類遺伝学会臨床専門医・指導医などの資格で医療・学会活動をしている。

ACP（米国内科学会）より、Evergreen Award と Volunteerism Award 受賞。

俳句関係に「句集　癒しの力」（ふらんす堂）がある。

芭蕉句碑で巡る安芸・備後

平成 30 年 11 月 15 日　発行

著　者　宇野　久光
発行所　株式会社 渓水社
広島市中区小町 1-4（〒 730-0041）
電話 082-246-7909　FAX 082-246-7876
e-mail: info@keisui.co.jp
URL: www.keisui.co.jp
印刷・製本　平河工業社

ISBN978-4-86327-450-1　C0092

備後国

玄々堂松田緑山　大日本國細圖　元治二年

（紙久図や京極堂　古地図CD-ROM）